養成守護靈

SPIRIT GUIDE

3 雞飛蛋打的競技大賽

貓邏——著
喵四郎——繪

花寶

種族　幻想系幻靈

等級　初級幻靈

身高　30公分

天賦　治療、創造、慈愛

性格

對認定的自己人溫和，
對外人不理不睬。

外型

頭髮是如同櫻花一樣的粉色，頭頂長著嫩綠的幸運草，容貌精緻漂亮，宛如精緻的白瓷娃娃。

年紀　**28歲**

身高　**185公分**

職業　**契靈師**

契靈　**大白狼**

性格

外冷內熱，認真負責、堅毅堅強，對幻靈相當好，會將幻靈當成孩子養。

外型

棕髮藍眼，身材高眺挺拔，習慣穿休閒式西裝，擁有學者與富家少爺的氣質。

江海

年紀　26歲

身高　182公分

性格

漫畫《契靈守護》的主角，性格熱情歡快，喜歡吃美食。巡夜人南區隊長，與商陸是良性競爭的朋友關係。

外型

橙髮綠眼，笑容爽朗、富有活力，像是小太陽一樣，標準的少年冒險漫畫主角的風格。

白光禹

年紀　35歲

身高　188公分

性格

商陸的老師，生活於魔物侵擾的年代。教學認眞，對待學生相當親切，還會利用寒暑假時間跑去秘境爲學生找材料。

外型

黑髮黑眼，斯文俊秀，臉上戴著細框眼鏡，目光溫和慈善，非常符合世人想像中的老師模樣。

Contents

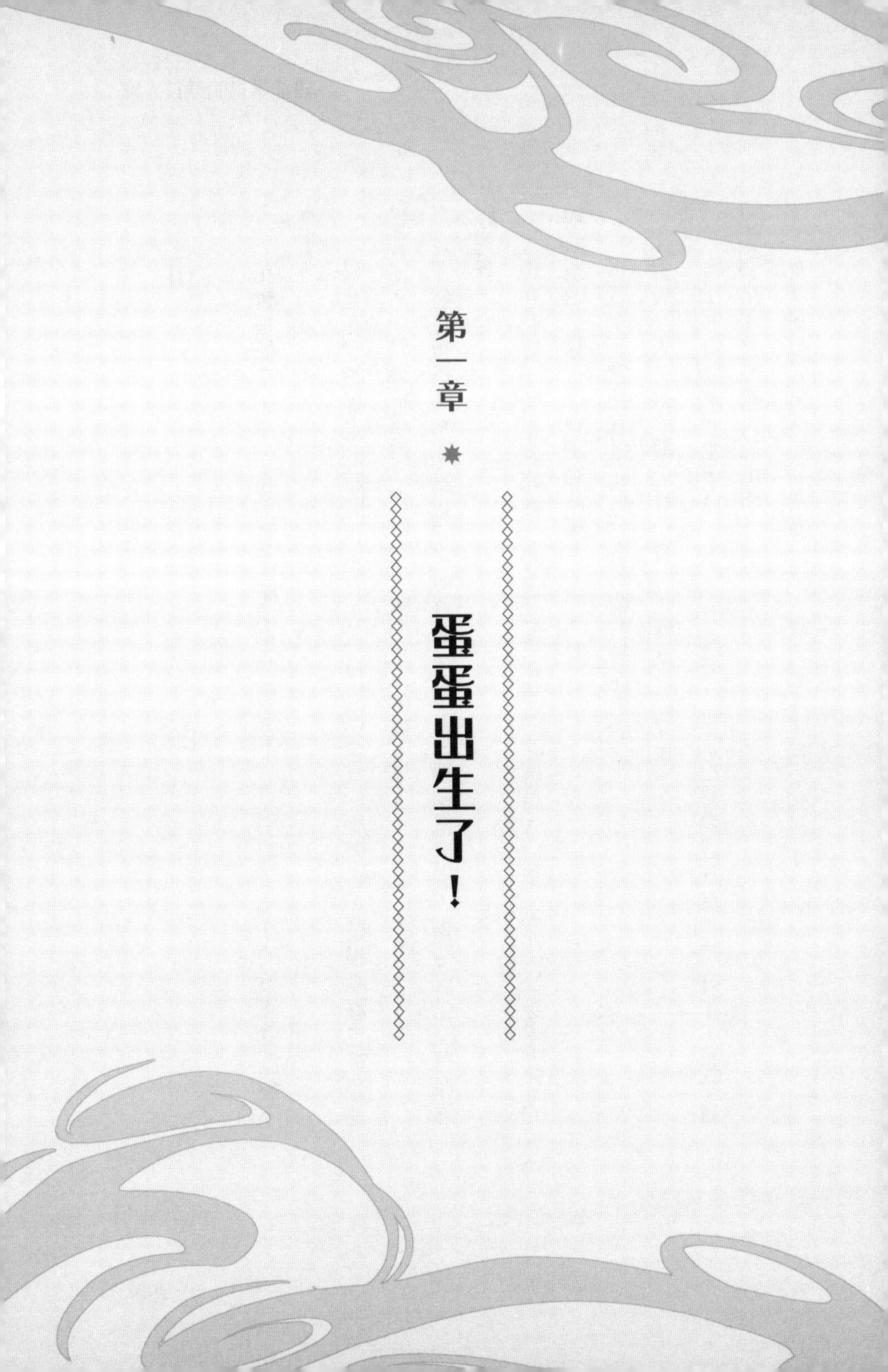

第一章

蛋蛋出生了！

01

花寶被抓走一事，在刻意控制消息的情況下，只引起了小小的波瀾就沉靜下來了。

畢竟花寶被抓走的時間也不長，本身也沒遭受什麼傷害，盜獵團夥也被關進監獄了，事情圓滿落幕，自然也不吸引民眾的關注。

雖然花寶最後被平安救回，但是商陸和大白狼相當自責，覺得自己沒有保護好花寶。

現在花寶不管走到哪裡，身邊都會跟著商陸或是大白狼，即使是身處安全的辦公室也一樣，不會讓她落單。

畢竟花寶當初就是在辦公室的窗台被抓走的。

對於一人一狼的緊迫盯花寶，花寶既感動又無奈。

她真的不覺得商陸和大白狼有什麼錯，他們已經將她保護得很好了，是她自己太弱小才會被壞人抓走的。

如果她變得像大白狼那樣強大，壞人根本不敢來抓她！

聽完花寶的想法，白光禹揉了揉她的小腦袋，覺得這個小傢伙真是太乖巧、太懂事了。

「這件事情追根究柢，是壞人的錯，不是妳、商陸或是大白狼的問題，你們不應該將這件事情的責任扛在身上。」

白光禹覺得，在他死亡以後商陸是不是被人帶「歪」了？不然怎麼總是將過錯往自己身上攬呢？

這件事明明一看就是那些罪犯的錯啊！關商陸什麼事？

受害者有罪的歪論嗎？

「咪嗚！對！是壞人的錯！」花寶認真地點頭，非常贊同白老師的話。

「不過花寶想要變強，我也很贊成。」白光禹笑著說道：「我會幫妳安排一些訓練計畫，我們一起努力。」

之前商陸也想要為花寶規劃訓練，只是後來發生太多事情，這件事情就一拖再拖，直到現在。

不過商陸也不是不想訓練花寶，而是花寶自覺性很高，平常就會自己練習技能，不需要別人盯著，商陸見花寶自己訓練得有模有樣，自然就沒有去干涉花寶了。

幻靈是有傳承的，花寶的存在特殊，商陸不確定自己給花寶安排的訓練會不會跟她的傳承起衝突。

曾經就發生過，某位契靈師按照教學手冊指導契靈訓練，訓練出的成果也不錯，但是後來卻發現那位契靈師其實耽誤了契靈，如果不按照契靈師的安排進行訓練，契靈按照自己的傳承進行學習效果會更好。

商陸曾經向白光禹說出自己的顧慮，白老師認為他想太多、因噎廢食了。

那位耽誤了契靈的契靈師，是因為他自身不懂變通，加上身邊也沒有人可以徵詢協助，所以只能乖乖地按照教學手冊行事。

教學手冊是契靈師聯盟總結出來的最佳教學手段，按照教學手冊去做，對契靈肯定不會造成傷害。

但是並不能說教學手冊教導的就一定是對的。

那只是針對資質平庸、不知變通的契靈師，給予的一種規範式的教學輔導，讓不知道該怎麼訓練契靈的契靈師能有一個通用性很高的方案。

說穿了就是：你不知道該怎麼訓練契靈？沒事，跟著我的教學步驟，初級的時候就給契靈吃這些東西、做這些訓練；中級就安排這些訓練課程……

簡簡單單的傻瓜式培訓法。

要是契靈師本身有足夠的知識和經驗，是可以更動訓練方案，甚至是自創訓練方式的。

要不然，訓練師、培育師這行業也不會那麼吃香，讓一堆富豪爭相聘僱，市面上也不會冒出一堆契靈培育、訓練機構了。

白光禹認為，就算花寶獲得的傳承再好，她也需要有人從旁觀察和引導，為她修改訓練中的缺點，這些都是商陸可以幫助她的。

就算商陸覺得自己的學識不夠，擔心耽誤了花寶，他總可以跟老師們討論，最後再定下一個適合花寶的方案吧？

一人計短，兩人計長。

三個臭皮匠勝過一個諸葛亮。

就算花寶再特殊，集結北安契靈師大學眾位教授之力，難道還教不好小花寶？

商陸覺得白老師說得有道理，他確實不應該因為自己的顧慮而耽誤了花寶。

於是，花寶的訓練課程開始了。

早上，花寶進行知識類學習，一堂課半個小時、休息十分鐘。

兩堂文化課後，就讓花寶到培育院上體育課，跟著小幻靈們一起做基礎鍛鍊，活動身體兼結交朋友。

顧慮到小花寶年紀尚小，課程只有半天，下午就是她的遊戲時間，看她是要待在商陸的辦公室看動畫影片、跟撿回來的幻靈蛋曬太陽；或是在紀念館跟英靈老師們進行實驗；又或者去培育院的崽崽園跟小幻靈們玩，都可以。

有眾位老師們精心為她訂製的訓練計畫，再加上花寶在被綁架過後奮發圖強、努力鍛鍊，不到兩個月的時間，花寶就從初級變成了中級契靈，成長得相當迅速！

進階後，花寶的形貌也跟著改變了。

身高從三十公分變成五十公分，過肩的粉色頭髮長至腰臀處，頭頂上的幸運草變成精緻的綠色髮飾，葉片手臂變成白白嫩嫩的人類手臂，身上的服裝也變成白綠相間，彷彿幻想世界的精靈一般的小禮服。

先前迷夢女神給花寶的紫色印記並沒有消失，在她進階後，那紫色印記變成一個精巧的小手鐲套在她的左手腕上。

進階後的花寶，又多了兩項技能，一個是名為「療癒花樹」的範圍型治療技能，這個技能施展後，花寶周圍會出現一棵極為美麗的發光桃樹，發散著微微金光的桃花花瓣隨風飄落，所有位於這棵花樹範圍五百公尺內的人和契靈都能受到治療。

要是身上沒有傷勢，待在這花樹的範圍內，也能消除肉體上的痠疼和疲憊，並且補充消耗的精神力、恢復精神疲勞。

療癒花樹的存在時間是十分鐘，等到技能熟練度逐漸提高，存在時間也會變得更長。

另一項技能名為「拆合造」。

光看名字，這技能會讓人一頭霧水，其實這三個字是「拆解」、「合成」和「創造」三種模式的縮寫。

花寶的天賦屬性有三種，分別是：治療、創造和慈愛。

「拆合造」是隸屬於創造天賦的技能，或許是花寶並沒有針對創造天賦進行鑽研，一直以來，她都沒有屬於創造天賦的技能，直到在迷夢女神的金圈空間受訓後，這才冒出了這個新技能。

「拆合造」能夠拆解能量和物質，將能量與物質重新合成，組裝創造成新物品，是一種珍貴又稀罕的技能。

商陸和眾位老師們覺得這項技能相當稀罕，拉著花寶做了許多測試，這才大概摸清技能的原理。

「這技能跟機械契靈的『拼裝』技能倒是有些類似。」白光禹摸著下巴說道。

「不，還是不一樣。」另一名教授否決了這個觀點，「機械契靈能將金屬物質鍛造成零件，再將它組裝起來，卻沒辦法改變物質本身的元素結構和能量。」

但是花寶的技能卻可以改變物質結構，將木頭轉變成金屬礦，將沙岩變成植物並賦予它們生命，這可是連現代科技都無法辦到的事！

「簡直就像傳說中的……創世。」

難道小花寶是創世神的崽崽？

02

花寶雖然高興自己有了新技能，但也沒有太過在意。

現在的她，只期望自己養著的幻靈蛋能夠孵出健康的幻靈。

在她被綁架救回後，花寶發現自家蛋蛋的蛋殼出現不少紫黑色的斑點，這讓花寶很擔心。

論壇系統曾經跟她說過，黑色斑點是蛋蛋死亡的徵兆，那這個紫黑色的呢？該不會是蛋蛋生病了？

花寶努力地對幻靈蛋刷治療術和淨化術，可是這些技能對蛋蛋上的斑點完全無效！

「咪嗚，蛋蛋有沒有不舒服？」

花寶擔心地摸著幻靈蛋，蛋蛋搖晃兩下，用精神意念回覆自己很好、沒有事，不用擔心。

可是花寶不相信，要是蛋蛋沒事，那為什麼蛋殼上會有紫黑色斑點？

蛋蛋回答，那是因為他變異了，獲得了新天賦。

這樣的回答讓花寶更加不放心了。

變異，就代表著異常。

雖然人類很喜歡變異幻靈，覺得他們更加特殊、技能更加強大，可是變異幻靈就代表著跟正常的幻靈不同，往後的養育和訓練也不能按照一般的模式進行，需要養育得更加精心才行。

在最初期的時候，因為人們對於變異幻靈並不了解，培育技術也不成熟，導致變異幻靈們比一般幻靈更加弱小，有一段時間，變異幻靈甚至淪落到成為寵物的地步。

後來還是有某位學者針對變異幻靈進行鑽研，這才發現變異幻靈需要的培育資源比一般幻靈多，但是只要培育的方向正確，變異幻靈會比一般幻靈還要強大好幾倍！

這些都是商陸跟白老師他們在規劃花寶的訓練課程時，教導她的知識。

花寶將幻靈蛋的變化告訴商陸跟白老師等人，希望他們能幫忙，讓蛋蛋健康地破殼誕生，不要變弱了。

商陸很能理解花寶對幻靈蛋的擔心，但是他們對此愛莫能助。

在現有的培育知識和相關技術中，人類對於幻靈的培養都是從他們破殼出生後開始，當幻靈們還在蛋裡的時候，人類唯一能為他們做的事就是為幻靈蛋補充不足的能量和營養。

聽完商陸跟英靈老師們的解釋，花寶扁了扁嘴，抱著幻靈蛋摸了幾下，等商陸為孵蛋器換上新的能量液後，再將蛋蛋放回孵蛋器裡。

幻靈蛋的蛋殼表面閃爍了幾下光芒，用精神力傳遞安慰話語。

『花寶，別擔心，我再過兩天就要誕生了。』

「咪嗚？蛋蛋要生了！」

『對，等我誕生以後，妳就會知道，我雖然變異了，但也變強大了，可以保護妳了！』

幻靈蛋顯然對自己的變化很喜歡，也很有自信。

感受到蛋蛋的喜悅，花寶心底的糾結也就放下了一點點。

嗯，就只有一點點。

真要讓她安心，那還是要等到蛋蛋出生，檢查過身體才行！

幻靈蛋說自己兩天後誕生，真的就是兩天後破殼，完全沒有拖延。

在第二天早上，花寶跟商陸吃完早餐時，待在孵蛋器中的幻靈蛋也傳出了碎裂聲響，蛋殼上出現了裂痕。

「咪嗚！蛋蛋要出來了！」

花寶高興地跑到窗台邊，小心地打開孵蛋器的玻璃罩，讓蛋蛋更好破殼。

商陸今天沒有課要上，本來是想陪花寶去培育院那裡的，現在幻靈蛋破殼了，他們自然是將原定行程拋在腦後，一心一意等著蛋蛋誕生。

「嗷？終於要誕生了？」大白狼也上前幾步，待在旁邊守護。

隨著「嗶嗶啵啵」的蛋殼碎裂聲增加，蛋殼上的裂紋也越來越多，最後，一道紅色的長袖甩出，將頂端的蛋殼擊飛，蛋殼表面出現一個小缺口，緊接著，一道深紫色長袖甩出，將缺口擴大幾分。

紅色和深紫色的長袖接替出現幾回後，一道人形小身影從蛋裡鑽出。

「福禍！」

容貌可愛又精緻的小男孩像是在慶賀自己誕生一樣，高舉紅、紫色的長袖，開開心心地朝花寶、商陸和大白狼揮動幾下，嘴裡還發出稚嫩的「福禍」叫聲。

小男孩身上的顏色像是被無形的力量從中分隔開來，右邊屬於紅色區域，右眼、右邊的頭髮、右邊的衣服，全是不同色調的紅；左邊屬於紫色區域，左眼、左邊的髮色、左邊的服裝顏色，全都是色調深淺不一的紫。

小男孩頭上戴著一頂帽子，帽子兩端各綴著一條流蘇緞帶，同樣是右紅、左紫，劃分分明。

「咪嗚！蛋蛋！」

花寶開心地飛向小男孩，小男孩也笑嘻嘻地舉起雙手，飄到花寶乘坐的小雲朵上。

兩人的身高、身形相似，容貌又相當好看，就像是一對精緻的白瓷娃娃。

「福禍！花花！」

小男孩抱住花寶，親暱地與她臉貼臉。

「咪嗚，蛋蛋！」

花寶也伸手反抱住小男孩，開心地跟他蹭臉頰。

「……」

看著眼前這一幕，商陸總有一種「自家女兒被外來小子拐走」的感覺。

他動作俐落地拆散兩人，並將一個小奶瓶塞入小男孩懷裡。

突然被分開的兩個小傢伙茫然不解地看著他，商陸回以溫和微笑。

「剛出生的幻靈要喝鮮奶，補充身體的營養跟能量。」
商陸的話音剛落，小男孩的肚子也適時地響起一陣「咕嚕咕嚕」聲。
「咪嗚，蛋蛋餓了？快吃飯飯。」
花寶拍拍小男孩的手，示意他趕緊用餐。
小男孩抱著小奶瓶大口吸吮，很快就喝光一瓶奶。
喝完一瓶奶，小男孩還有些意猶未盡，他將空瓶子遞回給商陸，示意他再給自己倒一瓶。
「沒喝飽？」
商陸估算的量可是一般新生幻靈能喝七、八分飽的量，小男孩不可能沒吃飽。
他伸手摸摸小男孩的小肚子，小肚子是平的，完全沒有鼓起。
「真的沒吃飽？」
商陸隨即轉身又為小男孩倒了一瓶鮮奶。
小男孩再度「嘓嘓嘓」地喝光，然後再討一瓶。
商陸發現他的肚子依舊是平的，完全沒有鼓起，便又再給他一瓶。
就這樣，小男孩一共喝了五瓶，這才滿意地打了個小奶嗝。
既然幻靈蛋已經誕生，那就應該給他一個正式的名字，不能再叫「蛋蛋」這種隨意的稱呼了。

商陸跟花寶想了幾個名字，又問過小男孩的意見，最後定下「星寶」這個名字。「星」字是希望小男孩能像星辰一樣璀璨閃耀，「寶」字是小男孩自己要求的。他想要跟花寶擁有同樣的字，這樣才顯得親近。

花寶覺得星寶說得很對，星寶是她孵出來的，他們本來就應該要很親近，於是星寶的名字就這麼確定下來了。

星寶的身分來歷，商陸和教授們查遍了資料都沒找到，最後只能認定他跟花寶一樣，也是稀罕又特殊的幻靈。

花寶最後是從論壇系統那裡得知星寶的種族的。

星寶是「福瑞神變異體」。

福瑞神是職掌幸運、健康和守護的神靈，有他們存在的地方，就能風調雨順、事事平安順利、生靈健康安泰，是類似於守護神的存在。

福瑞神性情溫和，並沒有攻擊技能，但是因為星寶變異了，所以他除了原有的屬性之外，還增加了「厄運」和「詛咒」這兩種可以充作攻擊手段的屬性。

神靈很稀奇，即使是在幻靈族群之間，神靈也是受到眾多幻靈景仰的存在。

不過花寶對於神不神的不在意，星寶就是星寶，是她孵出的蛋蛋！

了解了星寶的身分，知道他有自保能力後，花寶就將這件事情拋到腦後了。

03

這一天，黑市之主西澤帶著他的機械契靈「卡普」來到北安契靈師大學。

先前西澤幫忙救回花寶後，隔幾天就來學校拜訪了，在那次的拜訪中，商陸與他敲定了使用治癒池的時間，今天這趟前來，就是帶著他的機械契靈過來治療的。

使用治癒池進行治療，並不是浸泡一天即可，按照傷勢的嚴重程度，浸泡時間從一天到數天不等。

目前最高紀錄是一隻缺了半身的契靈，在池子裡足足泡了十一天，這才將缺失的半身都修復完整。

排隊預約要使用治癒池的人很多，粗略估算，預約的人都已經排到明年年初去了。

要不是西澤救回花寶，讓商陸跟北安大學給他開了後門，幫他安插在前頭預約序號，西澤的機械契靈恐怕要等到明年才能進行醫治。

西澤將機械契靈卡普送進治癒池後，並沒有立刻離開，而是在北安契靈師大學用來接待外賓的會賓樓住下。

會賓樓是北安大學自己營業的飯店，座落於校園內，因為是用來接待來賓的場所，不以營業賺錢為目的，所以不管是入住房價或是吃食都比外面便宜。

辦完入住手續，拿了校園臨時通行證後，飯店會安排一名服務人員帶領來賓參觀校園——主要是要告訴參訪來賓，校區哪邊能去、哪裡是學校禁區，外人不能進入。

這舉動也算是「先禮後兵」，要是服務人員說明了禁區，這些來賓還是偷偷闖入，那北安大學也不用對他們客氣。

不過因為西澤身分特殊，加上他是花寶的「救命恩人」，所以商陸親自擔任導遊，帶著西澤參觀學校。

北安契靈師大學校地廣闊，參觀校園當然不可能靠著兩腿走，商陸開著一台學校專用的校園導覽車，帶著西澤在校園裡遊覽。

一路上，商陸概略對西澤說明學校的課程安排，介紹著沿途經過的景物。

「這邊是公共教學樓，所有公共課程都在這邊上課。那邊是大一和大二的戰鬥訓練場，大三跟大四學生的訓練場在另一邊……

「那邊是幻靈研究所，幻靈研究所只有相關人員能進入，外人不得擅入。旁邊那棟藍色屋頂的是幻靈學術交流中心，一些研究發表和交流會都會在學術交流中心舉辦。

「前面是遊樂園，給幻靈和契靈們玩耍的地方。他們可以在這裡交朋友、增加社交互動……」

兩人靠近遊樂園時，能夠聽到幻靈和契靈們玩鬧的愉快笑聲，讓人也覺得心情愉悅起來。

遊樂園融合了多種環境，有大沙坑供喜歡玩沙的幻靈撥沙玩耍；有水上遊樂園讓水系幻靈衝浪游泳；有常見的溜滑梯、盪鞦韆、旋轉木馬等遊樂設施；有碧綠的草地，空中還飄浮著圓圈和大大小小、顏色不同的氣球，一些飛行系幻靈最喜歡在這圓圈和氣球中穿梭，你追逐、我閃躲地玩起障礙賽遊戲。

兩人在遊樂園門口待了一會兒後，又接著往下走。

「這棟是新建的學生食堂。」

商陸指著一棟嶄新亮麗的三層式大樓說道。

「最近想要轉學到北安的轉學生很多，還有不少外校前來交流學習的旁聽生，原本的學生食堂不夠用，校長緊急讓人興建了兩棟學生食堂，一棟在這裡，一棟在另一邊……

「每棟學生食堂的菜色都不一樣，有小吃、有正餐，也有便捷的速食餐點和甜點、飲料、冰品、水果等等。學生食堂有對外開放，要是不想吃飯店的菜色，也可以到這邊用餐……」

正當商陸駕駛著遊覽車從學生食堂門前經過時，花寶、星寶和大白狼恰好來到學生食堂前。

「咪嗚！商陸！」

花寶見到商陸，開心地朝著他揮手。

「你們要去哪裡？」商陸停下車子，笑著詢問道。

「咪嗚！他們說，這裡有好好吃的水果聖代跟蛋糕！我們來吃好吃的蛋糕！」

商陸看了一眼時間，現在不過是十點五十六分，還不到十一點，也還不到吃午飯的時間。

「你們現在吃蛋糕，等一下怎麼吃午餐？」商陸挑眉問道。

「咪嗚，我們買一塊蛋糕、一杯水果聖代，三個一起吃，吃一點點。」花寶揮舞著白胖的小手比劃著。

「福禍，吃一點點。」星寶也揮舞著長袖子，開心地附和著。

「咪嗚！商陸跟客人也一起來吃，他們說很好吃，聖代跟蛋糕很快就賣光了！」

花寶拉著商陸的手，要他也進去食堂享用美食，還不忘招呼西澤也一起過去。

「這……西澤先生要進去喝點東西嗎？」商陸看向西澤，詢問他的意見。

「好，正好我也有點口渴了。」西澤從善如流地附和。

學生食堂的布置簡潔大氣，地面鋪著石磚地板，牆面的上層是奶白色、下層是清爽的海藍色，餐桌椅都是淺色木料打造，大片的玻璃窗讓日光充分映照在各個角落，室內採光明亮，給人一種開闊舒適的感覺。

用餐區排列著一排排整齊的餐桌椅，光潔的桌面上擺放著餐巾紙；牆邊安放了十幾盆生機盎然的綠色植栽和幾台自動販賣機，想要喝飲料又不想等待的學生可以直接從販賣機購買飲品。

每一個窗口前都立著或是懸掛著菜單，琳瑯滿目的食物條列其上。

販賣能量蔬果和兇獸肉的區域還會安放小型的資訊牌，介紹食物的來源、營養價值、蘊含的能量以及價格。

商陸跟西澤本來就是陪花寶他們進來的，兩人只點了一杯能量果汁，之後便坐在旁邊看花寶和星寶吃蛋糕和聖代。大白狼不愛吃甜食，點了兩份濃郁香噴的塔塔魯斯牛排當零嘴吃。

花寶將蛋糕跟水果聖代都分給商陸一小份，約莫一、兩口的量，等商陸嚐過味道後，她跟星寶就開開心心地將甜點平分了。

兩個小傢伙雖然個子小小的，卻很能吃，兩樣甜點吃下肚，肚皮依舊平平的，沒有鼓起。

契靈吃飯都是為了獲取能量，如果是以前還沒晉級時，花寶是吃不下這麼多的，晉級中級契靈以後，她體內儲存的能量上限增加了，食量自然也就跟著增大了。

04

吃完甜點，花寶他們陪著商陸和西澤參觀校園。

北安大學有好幾個知名的休閒和拍照景點，其中又以市集廣場最有名。

市集廣場顧名思義，就是讓學生擺攤販售物品或是自己不用的二手物的地方。除了學生會前來擺攤之外，外地的攤販也能夠通過申請，在假日時進入校園販售東西。

市集廣場連接著四條道路，四條道路兩側分別種植著櫻花樹林、桃花樹林、楓樹林和紫藤花樹林，一年四季都能見到不同的美景。

市集廣場隔壁是一座人工湖，湖裡種植著蓮花，到了夏季就能見到滿湖的蓮葉、蓮花，美得像一幅畫。

今天是星期五，沒有外面來的攤販，只有學生自己擺攤，雖然攤位數量比假日少，但是因為都是本校學生，販售的物品價格便宜許多，所以市集廣場上的人潮也不少。

學生賣東西跟外面不一樣，他們不喊價，就只是在自己的商品上貼小標籤，標上販賣物品的價格，一些人甚至連價格也不標示，商品就擺在桌上，等想買的人問價後他們再開價。

學生攤主開價也很隨意，販賣二手貨的人，價格大多下砍三分之一甚至是直接對半砍，販賣自己獵來的兇獸的人，價格就是比市售價低個一、兩成或兩、三成，買家就算不還價也不吃虧。

學生這種像是玩耍一樣的做生意態度，讓西澤覺得很有趣。

這群學生攤主要是跑到黑市擺攤，肯定會被吃得連骨頭都不剩！

「也就只有北安大學這種安全又平和的環境，才能塑造出這麼『慷慨』的學生。」西澤打趣地說道。

商陸看出西澤的想法，笑了笑。

「其實這是北安的傳統。以前學校資源不足，能分給學生的資源不多，大三、大四的學生還可以去秘境打獵賺取資源，大一、大二就過得緊巴巴的，一份資源要好幾個人共用。

「後來學長、學姐們就弄了市集，將他們用不上的二手物品、在秘境獵到的兇獸和資源，拿一部分放在學校便宜販賣，算是給學弟妹們的福利。」

原本只是一個不定期的臨時市集，後來這個傳統流傳下來，市集廣場也就跟著成立了。

「原來是這樣，很不錯的傳承。」西澤微笑著點頭。

他們在市集廣場逛了一圈，商陸跟西澤只是概略看看，對見多識廣的他們來說，學生市集販賣的東西根本無法吸引他們。

花寶則是買了幾個手工縫製的幻靈娃娃，又跟攤主下單，請攤主製作她、商陸、星寶和大白狼的Q版布偶，這才結束了參觀行程。

之後的幾天，西澤每天早晚都會去治癒池一趟，看看自家契靈有沒有治療完畢，餘下的時間就待在飯店裡不出門，利用網路處理黑市的一干事務。

對於西澤如此「安分」的行為，學校師生們也鬆了口氣。

雖然西澤已經表明了善意，但是他的身分實在是太過特殊，一舉一動都會引起各種揣測，就算現在他安靜地待在房裡，也還是有人猜想他是不是在憋什麼大招？為此，偷偷潛入校園進行探查的人可是不少，為了維護校園環境和威儀，校方為西澤擋了一批又一批。

原本只是想維護校園安寧的舉動，還被某些人說是北安大學跟黑市勾結！這可把北安的師生們氣得直跳腳。

在這種情況下，北安大學自然是希望西澤能夠越低調越好。

不過這種苦惱的情況也沒有持續多久，在七天後，西澤的機械契靈卡普就完成修復，離開治癒池了。

看著修復如新的卡普，向來流血不流淚的西澤紅了眼眶，激動地跟自家機械契靈抱在一起。

要是讓其他人知道被稱為「微笑惡魔」的黑市之主，還有這麼溫馨的一面，肯定會嚇掉下巴。

修復完成，西澤跟他的機械契靈在當天就離開校園，並在隔天送來一堆謝禮給北安契靈師大學，光是載運禮物的貨車就足足出動十五輛，出手相當豪氣！

外面的人見到這些禮物羨慕得不行，不過北安大學本身就資源豐厚，有商榮集團等多位傑出校友的投資，也有前段時間花寶他們從秘境帶回的大量資源，還有家長們想讓自家孩子轉學送過來的贈禮……

所以北安大學的師生們雖然覺得西澤出手大方，卻也沒有太過震驚，這個消息只在學生論壇上熱鬧了兩天就沉寂下來了。

北安大學的學生可以平淡地看待西澤送來的物資，其他學校的學生卻是羨慕得要命，紛紛在自家學生論壇和公開的網路平台聊著西澤禮物的消息。

——酸了酸了！我要被那十五車的禮物酸死了！為什麼我們學校就沒有這種好事！嗚嗚嗚我也好想要資源啊……

——首先，你的學校要有一個治癒池，或是一隻能尋寶的特殊契靈。〔微笑〕

——真不公平！為什麼北安可以拿到治癒池，其他大學就沒有？我們也不比北安差啊！

——樓上的是閉關多久沒有上網？北安拿到那些東西不是理所當然的嗎？岩石山是商老師他們發現的，按照《秘境法規》，他們就算把岩石山占了，也沒人能說什麼，可是他們還是對外公開，並且讓其他人加入賺取積分的行列，這已經很慷慨大方了好嗎？

——真的！就衝著他們沒有獨占岩石山的舉動，我就給好評！

——嗤！他們當然不會獨占，他們有那本事獨占嗎？不怕被其他勢力圍攻？

——為什麼不敢？別忘了，花寶跟迷夢女神認識，只要花寶跟迷夢女神說一聲，讓女神關閉岩石山，只准北安大學的人進入，其他勢力又能做什麼？

——人家北安雖然發現岩石山，他們也沒有獨占資源，參與積分賺取的人都有分到，我覺得挺公平的。

——說真的，其他人獲得治癒池跟那些東西我肯定會酸，可是北安他們是憑實力獲得的，而且他們還開放治癒池名額給校外的人，又跟其他大學、研究所分享岩石山獲得的相關知識，我覺得他們已經做得很好了，真沒什麼好酸的。

——就開放一些些名額就把你們收買了？你們還真廉價！

——什麼叫一些些名額啊？他們拿出了八成名額給校外人士！不懂就在那裡瞎扯！

——八成？怎麼可能！你們肯定是被騙了！

——哈！人家都發公告、發新聞了，騙什麼騙？

——連公告都沒看就在那裡自我臆測，然後再用你自己猜想的東西到處說北安黑心，我看你才是真的黑心！

——我剛才查了一下發言人的登入位置，好傢伙，這人根本不是我們學校的

學生！他是××工作室的水軍！〔水軍對話截圖〕

——操！所以是故意用我們學校學生的名義來抹黑北安嗎？

——我就覺得奇怪，我們學校跟北安也沒仇啊，怎麼會有人一直在槓北安、說北安壞話？原來是水軍啊！

——肯定是北安最近風頭太盛，有人眼紅，故意跑來造謠抹黑！

——抹黑北安用自己的名字啊！為什麼要冒用我們學校的名義抹黑？這是故意在破壞我校聲譽！

——他們肯定是怕北安針對他們，所以才冒用我們的身分！

——徹查！一定要徹查！

——不僅要查，還要將這件事情散布出去，讓其他人知道，不然我們學校的名譽就要被水軍搞壞了！

——對對！我這就去轉發！

——我也一起！

——加一！

學生們在各大網路平台轉發並宣傳這件事，引起廣大網友關注，也有人針對這件事情進行調查。

本來以為只是單純的抹黑事件，最後卻牽扯出一些非法組織來，讓眾人大感驚訝。

根據知情人的描述，是因為商陸在找回花寶後，又針對這些非法組織進行了一次報復，所以他們才想要弄出一些事情來「回報」商陸。

在他們的計畫中，他們會先針對北安進行各種造謠抹黑，並派人進入校園鬧事，等事情鬧大後，將一切罪責轉向商陸和商榮集團，讓商榮集團在輿論中遭受嚴重損失，企業名聲下滑，失去在民眾間的公信力。

得知此事後，商陸便又在黑市開啟懸賞，灑出更多的錢和資源，讓那些僱傭兵和遊走在灰色邊緣的人去對付這些非法組織，把他們搞得灰頭土臉，消聲匿跡。

第二章 ✸ 契靈師大學聯合競技比賽

01

對大學生來說，最重要的時期就是大四這個階段，尤其是鄰近畢業的時間。

在大四下學期，大四生會有兩件大事要做，一是「畢業考」，二是外面的公司、團體針對大四生進行聯合徵才的「徵才博覽會」。

契靈師的畢業考跟一般學校不同，一般學校的畢業考是真的考試，而契靈師大學的畢業考又名「契靈師大學聯合競技比賽」。

契靈師大學聯合競技比賽項目囊括了戰鬥、培育、醫療、機械製造、美容保養、學術研究等等，大四學生可以選擇個人參賽，也可以組織隊伍進行團體賽，比賽全程採用直播方式進行。

它同時也是各界了解契靈師大學教學成果的最佳來源！

契靈師大學聯合競技比賽不強制所有大四生都要參賽，要是學生本人足夠傑出、有自己的研究成果或是特殊成就，不需要靠競技比賽為自己的畢業成績加分，那也可以不用參加。

但是幾乎所有大四生都想為自己加個分，讓自己的畢業成績更出色，以後也才好找工作，所以絕大多數的大四生都會選擇報名參加。

也因為參賽者眾多，比賽時間拉得很長，幾乎囊括了大四一整年。比賽報名時間是在大四上學期，光是報名、海選淘汰就要花上兩個多月的時間進行，複賽跟半決賽則是在大四下學期舉辦，而決賽更是在鄰近畢業的四月份才能展開。

等到決賽的冠、亞、季軍出爐，五月中旬就到了徵才博覽會上場。徵才博覽會的招募會採用契靈師大學聯合競技比賽的成績作為依據，在比賽中獲得好名次、好成績的學生，自然就是眾多企業集團、組織勢力的招攬目標。

要是在比賽場上成績不佳，學生就只能用在校成績和某些特殊成就、技能證書等等作為應徵工作的資本了。

今年戰鬥類別的決賽場地設置在「機械城」，那裡是一處由機械幻靈所經營和管理的城市。

機械城的科技工藝高超，不少科學家和研究學者都會定期在那裡學習、聚會、舉辦成果發表，是一座融匯各種科技知識和學問的城市

機械城因為是由機械幻靈掌控，自然有許多協助機械幻靈成長和晉級的知識，喜歡機械契靈的契靈師會特地到那裡找尋自己的小夥伴，一些已經有機械契靈的人

也會帶自家契靈前去那裡學習成長。

機械城對於機械幻靈來說，無疑是一處聖地。

當然，也有一些人類擔心具有智慧的機械幻靈會入侵和掌控人類世界，不斷宣傳「機械幻靈有害論」，甚至號召、呼籲民眾要提防機械城，最好能夠將它攻打下來，讓人類來掌控機械城。

對此，掌管機械城的「機械王座」直接入侵這些人的資料，將他們的言論和噁心的計謀公開，讓世人知道，他們之所以這麼敵視機械城，不過就是因為覬覦機械城龐大的利益，想要打著正義的口號占據機械城的資源罷了。

也因為這群人的關係，機械城曾經有段時間直接封閉對外交流，部分高高在上的人類嗤之以鼻，覺得機械城不跟人類城市交流是機械城吃虧，然而，事實證明，離不開機械城的是人類，不是機械城居民。

機械城的居民雖然也需要食衣住行，但他們已經達到可以供應自足的情況，反倒是人類，各種需求的能源、糧食、機械零件都有一部分是從機械城購買的，當機械城一對外封鎖，人類市場就出現供給不足、原物料上漲等情況。

雖然也有不少產業擴大營業急起直追，但是終究彌補不了龐大的缺口。

不過這樣的成就也被那些厭惡機械幻靈的人提出來大誇特誇，說得好像他們已經贏過機械城，掐住機械城的脖頸，以後再也不用遭受機械城的「威脅」，就算機械城繼續封鎖他們也不怕！

說來好笑，自始至終，想要採購機械城生產的種種商品的是人類，對機械城有著種種提防的也是人類，總是跟機械城比較優劣勝負的還是人類。

人家機械城招惹你了啊？

既然人類世界不想跟機械城往來，機械城自然也不會主動貼近人類，他們開開心心地「閉關鎖國」，一門心思撲在自己的研究和產業發展上，不跟人類接觸。

結果十幾年過去，人類生產的供應量依舊不足，工資不漲、物價卻飛速膨脹，甚至連科技發展也趨緩許多。

在社會開始動盪，因為貧困和資源缺乏出現大量問題時，又有人提出攻打機械城了，一些政客想要用機械城的資源彌補缺口，將國內的貧富矛盾轉移給機械城。

這次的戰鬥確實開打了。

那個時代武力最為強盛的三個大國集結起來，對機械城發出開戰命令。

這場戰役僅僅只進行三天，人類就戰敗了。

因為機械城經過一段的時間閉關，整體的生產水準、科技發展蒸蒸日上，文明發展比人類世界高出一大截，在強大的武力輾壓下，人類自然不敵。

歷史課本曾經提起過這場「三日戰役」，並將那三個國家落敗的情況說得很清楚——

當時的人類還在使用龜速緩慢的蒸氣火車，使用需要人力填充的槍械、大砲，而機械城已經出現高速列車、機關槍、戰鬥機等高端軍事武器了，在這種情況下，這場戰爭的勝負自然一目了然。

被機械城的高端科技輾壓後，本來以為那些叫嚷著機械城有害、要攻占機械城的人，應該會趁機再度宣揚機械城的「罪惡」，再度上竄下跳地彰顯自己的存在。

結果他們竟然一個個噤聲了！

深入了解原因後才知道，原來那些人之前之所以這麼囂張，是因為他們認為幻靈對人類友善，認為機械城不會真的攻擊人類，自己的生命沒有威脅，自然就敢「勇於發言」。

現在發現機械城真的會殺人、真的會攻擊人類後，他們就嚇破膽了，不敢說話了。

「三日戰役」過後，一些原本就親近機械幻靈的人類國度又重新與機械城展開合作，恢復過往的往來。

機械城也沒有記仇，除了攻打他們的那三個國家之外，其餘國家都能夠跟機械城繼續合作。

後來那三個國家因為科技落後、工業發展速度跟不上，就被其他崛起的國家併吞了。

02

「歡迎大家觀看『契靈師大學聯合競技比賽』！大家好，我是主持人何勤。」

一身休閒西裝打扮的男主持人何勤，坐在能夠浮空飛行的主持台上，微笑地對著直播鏡頭說道。

在主持人何勤身邊，還有一位形體嬌小、背後有一對機翼的機械幻靈。

「大家好，我是機械城的輔助主持，我叫做叮噹。」

叮噹的嗓音是清脆的蘿莉音，音調不尖銳，讓人聽得覺得相當舒服。

「很多觀眾朋友或許不清楚，機械城並不是由人類城市轉變而成的，它的最初型態，就是一座由機械幻靈建設和居住的城市，你們也可以將它當成一處特殊型態的機械秘境。」

比賽尚未開始，選手們正在等待進場，何勤利用賽前空檔，簡單地介紹機械城的來歷。

「有些人可能在網路上看過一些文章，說什麼機械幻靈攻占了人類城市，建設這座機械城，這其實是錯誤的言論，故意誤導大家的，要是大家看見這類的宣傳，記得向巡夜人和警局進行舉報……」

「對。」機械幻靈叮噹也跟著點頭附和，「要是收到簡訊，說什麼他們要籌措資金對抗機械城，或是什麼有機械城黑市販賣的特殊好貨，你們千萬別相信，都是詐騙！」

「哈哈，叮噹說得對！那些都是詐騙，聽說目前已經有一千多起這樣的案件了，詐騙金額高達一億多，大家一定要提防啊！」

主持人何勤笑了幾聲，又接著說道：「機械城對人類向來友好，這裡的機械居民會跟人類科學家和學者分享自己的成果，販賣的能源價格也比人類商人販賣的還要低，再加上機械幻靈相當遵守規矩，合約上寫定的條件他們就會遵循，不像某些奸商會故意鑽合約漏洞，所以很多企業和商家都喜歡跟機械城進行合作。

「也因為這樣，機械城動了太多人的利益，所以才會一直有『機械城有害論』

的出現。」

主持人何勤是偏向機械城這邊的，所以一提起這件事，他的臉上就帶出對那些人的厭惡與不屑。

「說真的，要是機械城真的想要攻占人類世界，在深淵大戰時期，機械城大可以關起門來不管人類死活，可是他們卻派出武裝幻靈協助戰鬥，還捐獻了許多能源和物資……

「真的，你們可以去查查那些捐獻名單，聯盟按照捐獻的數額列出了排名，機械城的捐獻排名是第二名！第一名是商榮集團！你們還可以去查查那些叫嚷著機械城有害的企業組織，看看他們捐獻了多少，又為人類做出多少貢獻？」

主持人何勤控制著脾氣，雖然說著數落、批評的話語，語氣卻依舊平穩溫和。

他也沒有多說，只是在開場說了幾句後，就立刻將話題轉移到契靈師大學聯合競技比賽上。

「經過漫長的賽事，現在契靈師大學聯合競技比賽終於進入決賽了！讓我們看看進入決賽的選手有哪些……」

主持人拿著決賽選手的名單，一一報出選手名稱和隸屬的學校名字。

隨著主持人播報的名字，選手們也一一出場，來到廣場的中心位置，直播間鏡頭也跟著報導的選手名單進行切換。

「第一天的賽事即將展開，在此祝願選手們都能獲得好成績！」

選手們簡單地亮相後，按照各自比賽的類別，分別搭上主辦單位為他們準備的懸浮列車，從不同的路線前往各自的比賽場地。

因為比賽項目多，所以各個項目的比賽時間會有重疊，觀眾們可以自行切換直播間，選擇自己想要觀看的比賽。要是不知道要看什麼，那也可以鎖定官方的主要直播間，主要直播間會輪流播放各場比賽，為觀眾們介紹精采看點。

「現在我們先來看戰鬥組的比賽。」主持人何勤隨著切換的鏡頭說道：「本屆的戰鬥組比賽，北安大學一共入圍了三支團隊，是奪冠的大熱門……」

直播鏡頭在北安大學的三支團隊掃過後，來到了場邊的教練席。

「北安大學的戰鬥組帶隊老師有兩位，一位是前任巡夜人北區隊長、商榮集團總裁、人氣超級高、超級受歡迎的商陸老師！

「另一位也是我們相當熟悉的，教導出諸多傑出契靈師、如今身分相當特殊的英雄，商陸老師的老師，白光禹老師……哈哈，我的介紹詞像不像在說繞口令？」

發現鏡頭正對著自己拍攝時，商陸和白光禹也很給面子地抬手對著鏡頭揮了揮，向觀眾們打招呼。

而坐著小雲朵、飄浮在商陸邊上的花寶和星寶，也學著商陸的動作，抬起小手對著空中揮了揮，只是表情顯得有些茫然，似乎不明白為什麼要對著圓球（鏡頭）揮手。

「哎呀！坐在小雲朵上的是我們可愛的小花寶吧？小花寶身邊的是她的好朋友嗎？兩個小傢伙看起來感情很好呢！」

主持人笑嘻嘻地說道，但也沒有繼續探討星寶的身分。

之前因為花寶的特殊幻靈身分曝光，引來了匪徒綁架以及媒體、網紅的瞎寫編造，商陸在花寶安全後，出手清了一波又一波，商榮集團旗下的律師團發出的律師函足足有上千封，簡直可以說是「殺瘋」了！

也因為商陸的大手筆，網路上和媒體圈的風氣肅清許多，大家都謹言慎行，不敢再碰瓷造謠。

契靈師大學聯合競技比賽是一個正規正式、不炒作的比賽，即使商陸跟白光禹身上有諸多熱點，主持人也不會將焦點放在他們身上，模糊了比賽場上的選手們。

03

「現在我們看到，戰鬥組的團隊各派出一位隊長進行抽籤，抽出比賽要用的場地。」

主持人何勤看著直播畫面解說道：「為了確保比賽公正，本屆決賽場地會以抽到的地形進行隨機拼裝，這也是前所未有的新嘗試！」

「是的，這是我們機械城最新研發出的全感體驗虛擬技術，也就是一些未來小說中經常提到的，擬真度極高的虛擬世界……」

叮噹這話一出，全場觀眾嘩然。

這種存在於小說中的幻想科技，現在竟然真的實現了？

「這真是太棒了！」何勤也興致勃勃地附和道：「我以前看小說的時候，最喜歡看全息網遊，我真的很羨慕主角們可以在虛擬遊戲裡頭品嚐各種美食，不管怎麼吃都吃不胖，還能打怪、交朋友、買東西……」

「這項技術目前已經研發成熟，機械城科學家估測的擬真度高達百分之九十，是目前相關研究領域中，擬真程度最高的。」

「那請問這項技術有商業化的打算嗎？有對民眾開放販售的想法嗎？」何勤問出了觀眾和相關商家最想知道的問題。

「有，我們很歡迎科學家和各大企業商談合作。」叮噹微笑著回道。

簡單地打過廣告後，話題又被拉回地形抽選上。

「大家可以看到，就算是同樣的都市地形，建築物結構和形貌也各不相同，有點像是將城市分割成好幾個模組，隨意組裝……

「現在隊長們抽出了沙漠地形、城市地形……噢，城市地形現在抽出了兩個，雖然都是城市地形，不過這兩個城市的圖片明顯不一樣，一個是三棟高樓以三角形分布的地形，另一個是有幾棟毀壞的倉庫和一個大型的機車、汽車停車場？」

何勤看著城市圖片，神情顯得有些茫然。

粗略一看，這些汽、機車等交通工具停放得很整齊，但是仔細觀察後會發現，每輛車子雖然保持乾淨整潔，但是可以發現有使用過和毀壞的痕跡，而且有些車子還堆疊在一起，像是堆積木一樣，堆成了小山狀。

「這裡是二手和廢棄交通工具的回收場。」

輔助主持人叮噹開口為何勤解危，說出這個建築模型的來歷。

「你們的交通工具回收場竟然這麼乾淨整齊？我看過的回收場都是很髒亂，車上覆蓋著厚重的灰塵，地面都是滴落的油污和掉落的小零件……真不愧是以嚴謹、乾淨著稱的機械城！這個回收場打掃得都比我家乾淨！」

何勤拿自己開了個小玩笑，幽默地帶過了這個小錯誤。

不一會兒，十支決賽團隊都抽完了地形，本次決賽的地圖也即時顯現在眾人面前。

「哇喔！這次的地形很複雜啊，四個城市地形、一個沙漠地形、兩個森林地形、一座湖泊、一片草原和一座雪山，春夏秋冬四個季節都囊括了。」

「這些地圖真的做得很完善，上面還有顯示當地的溫度、濕度、天氣、範圍，選手們可以按照這些小提醒進行更加完善的規劃。」

「現在機械城正在拼裝地形，選手們有四十分鐘的休息和討論時間。」

叮噹向觀眾們說明選手沒有立刻入場的原因，以及時間安排。

「地形組裝要十分鐘，三分鐘投放怪物，剩下的時間需要進行三千五百四十三種的安全檢查，確保選手們在地形中的安全。」

頓了頓，叮噹又補充道：「跟選手們相關的安全檢查只有一百三十五種，其餘的都是環境安全的相關檢查。」

「等一下選手們就要躺進虛擬艙了，除去測試員之外，選手們可以說是第一批體驗到全息虛擬世界的人，真好，怎麼主持人不能進去裡頭主持呢？」

何勤看著完整版地圖，用羨慕的神情開了個玩笑。

叮噹接口介紹虛擬艙的情況，語氣平靜地說道：「選手們進入虛擬艙後，虛擬艙會掃描選手和契靈的身體狀態，並且在全息虛擬世界中模擬出來，準確程度不敢說百分之百，但是也有百分之九十九、九十八的準確性。」

「也就是說，選手們在虛擬世界中的行動，會跟真實環境幾乎相同？」何勤替觀眾們問出心中的疑惑。

「是的，所有狀態都會跟現實一樣。」叮噹點頭回道：「包括體感、飢餓、疲憊、五感等等，都是跟真實狀態一樣。」

「所以選手們在虛擬世界中也要吃東西？」

「對。雖然虛擬艙會供應選手們營養，但是為了確保真實性，虛擬世界中設置了飢餓度，一旦選手沒有適時地補充食物和飲水，身體就會出現相對應的口渴、飢餓、疲憊等反應。」

「哇喔！這個虛擬世界真的很真實啊！我真是越來越期待了！」何勤看了一眼選手們的情況，又道：「現在選手們都已經準備就緒，虛擬艙也啟動了。」

隨著虛擬艙啟動，畫面一轉，來到一個淺灰色的空間。

「這裡是虛擬世界的角色空間。」叮噹介紹道：「選手們會先待在這裡，確認自己的身體狀態，要是活動上有哪邊不對勁，可以聯繫工作人員進行調整。」

選手們進入空白的空間後，一臉新奇地捏捏自己的手臂、抬抬腿，觀看身邊的隊友和自家契靈。

「各位選手們，我是主持人何勤，聽得見我說話嗎？」何勤對著連通虛擬世界的麥克風說道。

「可以。」

空間中的選手們點頭回道。

「現在請你們一邊檢查自己的身體狀態、一邊聽我說明本屆的新規則。

「以前你們登入比賽場地的位置都是隨機的，沒有人知道自己會被送到哪裡去，本屆更改了投放規則，先前不是請各團隊的隊長抽取地圖嗎？團隊隊長抽到什麼樣的地形環境，那裡就是你們隊伍的登入點！」

何勤說明著比賽規則和主辦單位的安排。

聽到隊長抽到的地形就是自家團隊的登入點，隊員們隨即聚在一起討論，他們剛才都仔細記下了地圖上的各種訊息，現在對自己即將被投放的地圖相當清楚。

「但是！」何勤故意賣了個關子，「以前你們會整個團隊被一起投放，沒有被打散，而這一次，你們雖然會投放在同一個區域，卻是會被分散開的，所以你們需要考慮，是要在登入後先集合，還是先各自行動，之後再會合……」

主辦單位很賊，給了選手們登入資訊，看似降低了挑戰性，卻又將團隊打散分開，增加他們遭遇危險和被淘汰的風險。

「每一個區域都有投放怪物和資源，但是每個區域的怪物和資源是不相等的，有的多、有的少，選手們可以選擇先在自己的區域收集資源，再去其他人的區域，或者是跑去資源豐富的區域……」

四十分鐘的場地安檢時間轉眼即逝，選手們跟他們的契靈被投放到比賽地圖中，比賽正式開始！

04

北安大學的三支戰鬥團隊分別抽中了「兒童遊樂場」、「森林」和「湖泊」地形。

其中，兒童遊樂場跟湖泊是相鄰的，森林和兒童遊樂場之間則是夾著一個交通工具回收場。

也就是說，只要將交通工具回收場打下來，北安大學就能獲得一大片領地，起步資源會比其他學校還多。

雖然他們在比賽場地內無法相互通訊、商談戰略，但是在地圖呈現出來時，北安大學的戰鬥小隊相信，同校的另外兩支隊伍也會有同樣的看法！

果然，直播畫面上就見到三支北安戰鬥小隊在搜刮資源的同時，快速朝著回收場前進。

各個地圖的活動範圍不盡相同，小型的諸如兒童遊樂場，只需要走上半天就能繞一圈，要是讓自家契靈帶著急速前進，一、兩個小時就能繞完，所以三支北安戰鬥小隊中，第一個抵達回收場的是來自兒童遊樂場的北安小隊。

回收場的地形比兒童遊樂場大一些，不多，也就多個三分之一左右，找人不算困難。

再加上北安小隊中有一隻善於偵查的契靈，在偵查契靈的協助下，他們很快就找到了回收場這裡的團隊——南明小隊。

雙方一碰面，戰爭一觸即發！

「機械鷹，飛羽！」

南明小隊成員率先出手，命令在空中的機械鷹發動攻擊。

只見機械鷹拍振幾下翅膀，如同箭矢一樣的羽毛疾射而出，北安小隊立刻讓玄水龜展開「龜甲盾」，形成一片水藍色、形似烏龜殼的盾牆，順利地擋下機械鷹的飛羽攻擊。

「火焰猴，爆火拳攻擊！」

擋下攻擊的北安小隊，立刻採取反擊行動。

火焰猴迅速擊出幾記刺拳，猛地發出一聲咆哮，整個身體燃起熊熊火焰，而後烈焰伴隨著拳頭擊出的威力形成一顆顆拳頭狀的球形火焰，砸向南明小隊。

南明小隊迅速做出反應，土系的土熊發出震天咆哮，高舉雙拳往地面一擊，一面由眾多土塊形成的土牆自地面竄出，擋住了火球。

「玄水龜，水砲！」

玄水龜張開大口，噴射出一道強大的水砲，猛烈的衝擊力撞向土牆，把堅硬的土牆撞出一道細微的裂縫。

「荊棘姑娘，荊棘鞭子！」

南明小隊利用草系契靈的鑽地能力，在土牆後方發動攻擊。

無數條帶著尖刺的荊棘藤蔓自土裡竄出，像是章魚的爪子一般，對著北安小隊發動攻擊。

「小心！」

「大家快閃開！」

「玄水龜，開啟龜甲盾！」

「火焰猴，爆火拳！」

火焰猴竄上前，利用火系克制草系的天然壓制，控制住張牙舞爪的荊棘鞭子。

戰鬥場面越來越激烈，火焰與水砲交織，土石四飛，荊棘遍地……讓觀眾們看得熱血沸騰，嗷嗷叫好。

主持人何勤搭配著戰鬥畫面，激情地進行解說。

「我們可以看到，兩支戰鬥小隊展現出極高的戰鬥技巧和默契，兩支隊伍的成員互相配合，目前雙方勢均力敵……

「喔喔！南明小隊被逼退了！情勢似乎有轉變！

「大家看！火焰猴和玄水龜的配合相當出色，他們的攻擊如同火水交錯的雙劍，無情地斬向南明大學的戰鬥團隊！給他們帶來不小的壓力！」

畫面中，火焰猴和玄水龜密切配合，火焰與水流交織，攻勢極為猛烈，每一次的攻擊都帶著強大威力，將南明小隊的成員們逼入苦戰之中。

「南明小隊雖然處於困境，但是他們並沒有放棄，隊長很快就調整了戰術，土熊和荊棘姑娘的配合強化防禦力，機械鷹和暗影刺客繞到北安大學團隊後方偷襲……

「精采！南明小隊的偷襲被擋下了！北安小隊早有預料，故意使了一招誘敵深入，現在南明小隊被拆成兩組，幸好南明小隊的治療契靈相當強大，可以遠距離治療，不然被隔開的兩位攻擊手恐怕就要退場了……」

場上的情勢已經漸漸明朗，被拆分的南明小隊即使拚命掙扎，也還是逃不過被逐個擊破的結果。

在南明小隊最後一名成員消失在比賽場地後，南明小隊被判定出局。

與此同時，位於森林的另一支北安小隊也趕到回收場，跟遊樂場的這支小隊會合。

位於湖泊的北安小隊則是被另一個學校的戰鬥小隊絆住腳，雙方正打得不可開交。

已經會合的兩支北安小隊決定合作，先將其他學校的隊伍清出去，他們自家再進行內部對決，最好能夠讓北安大學囊括前三名！

這個戰術無疑是有效的。

聯手的兩支北安隊伍仗著人多勢眾，聲勢浩大地搜尋著其他團隊，而另一支北安小隊雖然不幸遇上強敵，被打個半殘，只剩下兩名成員，但也沒有關係，因為比賽規定，只要隊伍中還有一名隊員倖存，這支隊伍就不會被判出局，依舊可以繼續比賽。

殘餘的兩名成員跟另外兩支北安小隊會合後，他們開始掃蕩其餘小隊，其他學校的戰鬥小隊也不想坐以待斃，同樣聯合起來，與之對決。

觀眾們最愛看的就是轟轟烈烈的戰鬥場面，一個個在直播間叫喊著「打起來」、「打起來」！

像是深怕選手們太過謙讓、不肯打架，沒能讓觀眾們看到一場好戲一樣。

選手們沒有讓觀眾失望，打得熱血異常，各種策略和團隊配合發揮得淋漓盡致，各種招式的能量光芒在賽場上鋪展開來，交織出一個絢爛的舞台。

最後，北安大學取得了冠軍、季軍和第四名，而亞軍則是由機械城當地的大學，宇核機械大學獲得。

宇核機械大學在逆境中突圍，並順利取得亞軍的成績，讓眾人對於機械契靈的能力再次刷新。許多人都認為，要不是北安大學人多勢眾，又在面對宇核機械大學時放出了「一換一」、「同歸於盡」的大招，最後的冠軍會落到誰手上，那可真是說不一定！

賽後的紛紛擾擾、網路上的各種議論、點評眾多，不過這些已經都影響不到戰鬥組的比賽結果了。

第三章

機械城之旅

01

戰鬥組的比賽結束，商陸和白光禹也完成了帶隊老師的使命，可以不再盯著學生訓練，在機械城到處參觀遊玩了。

商陸、白光禹和大白狼以前來過機械城幾回，對這裡也有些了解，而花寶和星寶都是初次來到機械城，這兩個小傢伙平常的生活圈都在校園，機械城的環境對他們來說簡直就是另一個世界！

進入機械城，最直觀的感受就是「這裡到處都是機器和機械生物」！

機械城劃分成好幾個區域，每個區域的特色皆不相同——融合復古華麗風格和工業美學的蒸氣龐克風、結合科技創新理念和藝術時尚概念的未來科技風、機械和植物共存，超乎世人想像的機械生態園、以能量製造和研發為主的空中能量堡壘……

商陸一行人搭乘免費的導覽車，在各有特色的區域參觀，最後來到了「大時鐘廣場」。

這裡原本是機械城居民休閒運動的地方，現在被機械城臨時徵用，變成一個大型市集，供應各方遊客和商販使用。

在這裡，遊客可以購買到機械城出產的物品，但也能夠買到來自全國各地的商品。

大時鐘廣場上有著數十座造型不一的時鐘，以及一座二十層樓高的大型鐘塔。這裡的時鐘都是蒸氣龐克風格，繁複的機械齒輪搭配鑲嵌的彩色寶石和彩繪鏡面，看起來華麗又獨具特色。

來自世界各地的攤位櫛比鱗次，人潮熙熙攘攘，宛如一個巨大的購物天堂。

既然來到機械城，首要參觀的當然是機械城自家的攤位。

機械城的攤位自成一區，有販賣各色能源、機械成品的攤位，也有販賣潤滑油、保養膏、小型零件的，最吸引花寶目光的是販賣能量液的飲料攤。

飲料攤是一輛行動餐車，車身彩繪著繽紛花朵和一隻可愛的機械蜜蜂。

老闆就是一隻機械幻靈大蜜蜂，她的身長有一公尺，薄翼和爪子是金屬結構，上半部的身軀覆蓋著一層茸茸的短毛，下半身是金屬材質，有著一環環的像是燈管一樣的發光花紋。

飲料攤老闆在纖細的腰上繫著一條粉色圍裙，攤位上收拾得很乾淨整潔，東西都規規矩矩地放置。

——這也是機械城攤位的特有特色了，所有物品的擺放都井然有序，乾淨整潔，非常貼合強迫症的心意。

「客人要來一杯飲料嗎？」蜜蜂老闆笑著對花寶等人介紹道：「我們賣的飲料保證材料純正，都是經過檢驗局檢查核可的，絕對不會有不良添加物！您可以單點飲料，也可以添加配料，增加口感。」

蜜蜂老闆點開一個二十四吋大小的光幕，指著上面列出的飲料品項，滔滔不絕地介紹道。

「我推薦加金屬脆，金屬脆吃起來嘎崩脆！我們的金屬脆都是特製的，不像其他店家，用廢棄的零件攪碎，吃起來都有一股沒洗乾淨的怪味……」

蜜蜂老闆說到一半，話音一頓，又連忙糾正過來。

「噢，我忘了你們不是機械生物，吃不了金屬，不過沒關係，我們這裡還有一般種族和人類能吃的水果、核桃、餅乾等等配料，吃起來雖然沒有金屬零件那麼脆，但是口感也是很不錯的。」

「咪嗚，花寶口渴了。」花寶嘴饞地看著其他人。

「那就買吧！」疼花寶的白光禹立刻答應，「老闆，請推薦我們這些人能喝的飲料。」

「好！我推薦你們喝我最新研發的『蜜糖香霧』！」

蜜蜂老闆開心地在空中轉了一圈，動作俐落地從攤販車的各個不同位置拿取材料。

「這是我的獨門秘方，用百釀園的蜂蜜為基底，添加多種新鮮能量水果和木香娘生產的植物香氛精華，香氣馥郁、滋味鮮甜清爽而且充滿層次感！保證你們喝了還想再喝！」

既然老闆這麼熱情推薦，商陸他們當然就買了一杯，讓花寶和星寶一起分享，大白狼對甜滋滋的飲料沒興趣，不喝。

蜜蜂老闆將蜂蜜、水和冰塊倒入搖搖杯中，搖晃幾下讓蜂蜜水混合均勻，再倒入透明的外帶杯中，而後把水果切成小塊放進杯子裡，再加上打出綿密奶泡的奶蓋、淋上植物精華……

最後，一杯色彩繽紛亮麗的蜜糖香霧就出現了。

或許老闆知道飲料是兩個小傢伙要分著喝的，就往飲料杯裡放進了兩根彎曲的吸管。

花寶跟星寶接過飲料，一人咬著一根吸管，小口地啜飲。

水果、蜂蜜以及繁複多變的香氣在嘴裡蔓延開來，每一口都能夠嚐到不同的滋味，讓兩個小傢伙感到極為驚奇，立刻就愛上了這款飲品！

離開了飲料攤，一行人繼續逛其他攤位。

這裡有許多造型獨特、風格前衛的商品，像是齒輪項鍊、機械手臂手鐲、機械鋼骨造型的帽子、鑲嵌著各色小燈泡的背心、靈巧的機械玩具等等，都是外頭很少見到的物品。

除了販賣商品的攤位之外，這裡還有供人玩樂的遊戲攤。

白光禹和商陸玩了一個機械拆解競賽，將攤販提供的小型機械裝置拆解和重新組裝，只要顧客的速度比攤販規定的時間快，就能獲得攤販贈送的小禮物。

商陸拿到一隻小型的機器狼，外觀跟大白狼類似，但機械狼的毛色是藍黑漸變色，看起來相當霸氣。

白光禹則是獲得一個會隨著音樂發光、跳舞的小機器人，小機器人穿著類似芭蕾舞衣的短禮服，禮服的造型精緻，花紋精雕細刻，上頭鑲嵌著許多彩色碎鑽做點綴，隨著跳舞小人的旋轉，彩色碎鑽會在光線的照耀下折射出各色光芒，看起來極為絢麗。

緊接著，他們來到射擊遊戲攤位，射擊遊戲攤上的靶子有固定靶和活動靶兩種，活動靶並不是循著一定軌跡行動的，而是像靈活的動物一般，上竄下跳、左躲右閃，射擊的難度很高。

被擊中的機械靶子會發出彩光，作為射擊成績的標示。

「老師，我們比一場？」商陸對白光禹發出挑戰。

以前商陸還在白光禹手底下學習的時候，最喜歡跟白光禹進行各種比賽，即使每次都是被白光禹輾壓，商陸依舊沒有放棄。

在成長以後，商陸甚至能從白光禹手中獲勝幾回，讓他相當得意。

「行啊！讓我看看你這幾年有沒有進步？」

白光禹應戰。

兩人選了活動靶，分站攤位的兩邊，一人一把手槍。

瞄準，射擊。

「碰、碰、碰、碰、碰……」

雖然是假槍，但是為了給客人良好的體驗，射擊時會發出擬真的槍響。

槍響不疾不徐、沉穩冷靜，顯示出射擊者的良好心態。

最後，兩人都獲得滿分，以平局終結。

「恭喜兩位！你們可真是厲害！」

射擊攤老闆並沒有因為兩人拿到高分而不高興，反而興高采烈地送上禮物。

在質樸的機械幻靈看來，優秀的表現都是值得道喜的。

兩人收下禮物後，相互對視，默契地拿起手上的禮物，輕輕地互撞一下，如同向對方舉杯道喜。

心有靈犀的默契，讓他們不用說話，就知道彼此的想法。

02

在射擊攤之後，商陸等人又去機械迷宮裡玩了一趟。

機械迷宮跟外面的迷宮不同，這裡採用立體結構，外觀就像一顆八角寶鑽，而且裡頭的一景一物都是能變動的！

經常有人往上爬樓梯的時候，爬著爬著突然驚覺：「欸？我是往上走的啊！怎麼從三樓跑到一樓了？」

要不就是往下走著走著，回過神來後發現：「欸？我要去一樓啊！怎麼跑到最頂樓了！」

在迷宮裡，身邊的景物變化是悄然無聲的，所以遊客也不會發現自己在同一個地方繞圈繞了很久，因為周圍的景物都是悄悄變動的。

商陸等人一進入迷宮就被迷宮裡的機關拆散了，要不是星寶跟花寶坐在同一朵雲上，兩個小傢伙大概也會被分開。

「咪嗚？商陸、大白和白老師不見了。」花寶苦惱地看向星寶，頗為擔心地說道：「他們會不會遇到危險？我們要去哪裡找他們？」

「福禍，不用找，出口見！」星寶相當霸氣地一甩長袖子，奶兇奶兇地說道。

——時間到了，迷宮就會把遊客都送到出口，就算迷路或是跟夥伴分離也不用慌張。

這條規矩是他們在進入迷宮前，迷宮的服務機器人一直對他們重複說的話。大概是因為在迷宮裡走丟並求救的人太多了，所以機器人在遊客進入前會一再叮囑。

「各位進入迷宮以後，要是跟夥伴分開，或是走不出來，不用著急、也不用擔心，等到遊玩的時間結束，迷宮會自動送你們出來。

「要是想要提前離開迷宮，也可以按鈴呼叫我們的工作人員，讓他們帶你出來。」

既然不用擔心其他人的安危，花寶也就安安心心地跟星寶在裡頭參觀。

他們坐在小雲朵上，沿著錯綜複雜的走廊穿梭，迷宮內的機關和裝置不斷變動，每一個轉角都有新奇的景色和變化，看得兩個見識不多的小傢伙嘖嘖稱奇。

花寶和星寶飛著飛著，眼前突然出現了一片綠色的草地，草地上擺著一張黃銅色彩的金屬長桌，桌上鋪著乳白色亞麻布和一塊鄉村格子風的裝飾長巾，長巾上整齊排列著華麗的燭台、罩在玻璃罩裡的裝飾假花，以及琳瑯滿目的菜餚和甜點、飲料。

餐桌周圍有幾隻圍著白色圍裙、樣貌擬人化的可愛機械幻靈四處活動，猛一看，會以為這些機械幻靈正在吃下午茶，其實不然，這群機械幻靈是廚師，正在烹煮各色點心和美味的菜餚。

「嘿！瞧瞧我發現了什麼？有兩位可愛的小客人過來了！」

距離他們最近的松鼠幻靈朝花寶和星寶招手，笑容可愛地邀約。

「你們來得正好，我們做了很多食物，小朋友肚子餓不餓？要不要嚐一嚐？」

緊接著在松鼠廚師之後，其餘幾隻幻靈也跟著開口。

「我們這個小廚房可是迷宮的隨機彩蛋，一般遊客很少能夠遇到的喔！」

「小廚房的餐點都是免費的，不用另外付錢……」

「要抓緊時間，小廚房只存在十分鐘，十分鐘一到我們就會走了！」

「吃不完可以打包！」

「對對！我幫你們打包吧！我做的甜甜圈可好吃了！很多客人想買都買不到！」

「我做的泡芙也很好吃！我包給你們！」

廚師們不等花寶和星寶回話，就自顧自地為他們打包起來。

不一會兒，花寶和星寶手上就被塞了好幾袋的食物，就連小雲朵上也被堆放了不少，逼得小雲朵自行擴張數倍，這才將所有打包食物都載上。

「咪嗚！謝謝。」

花寶才想要拿出自己製作的能量果凍回贈，空間就開始進行轉換了。

「咪嗚！果凍還沒給……」

花寶慌張地舉著手，搖晃著手裡的果凍包。

「福禍，我來。」

星寶接過果凍包，長袖俐落地甩出，幾袋果凍包穩穩地落在廚師手上。

「咪嗚！星寶棒棒噠！」

花寶朝星寶豎起大拇指，熱情又真誠地誇讚。

「福禍，小事。」

星寶矜持地回應，耳朵微微泛紅。

兩人就像拆盲盒一樣，隨便拆開一個打包盒，一起分享裡頭的食物。

這些點心並不是全都符合兩個小傢伙的口味，但是都很好吃。

兩個小傢伙一邊吃點心、一邊任由迷宮變換，帶著他們前往各個地方。

他們有時候會在新的迷宮區域裡遇見其他人，這時候他們就會送上一份打包的食物給對方；也有遇見跟家長走散的小朋友，小朋友坐在地上嚎啕大哭，花寶和星寶就邀請對方坐上小雲朵，用美味的甜點止住小孩的眼淚，然後按鈴呼叫迷宮的服務員將孩子帶出迷宮……

之後，他們還遇見了翹班出來玩的機械城掌管者，機械王座。

機械王座的本體是一艘巨大的、外型猶如王座的機械，出場聲勢浩大，一舉一動皆會引起關注，只有極少數人才知道，機械王座是可以拆分變形的，而且機械王座還能讓「分身」負責處理公務，自己則是附在拆出的小零件上，跑到外頭玩耍。

現在出現在花寶和星寶面前的，就是把自己拆成一隻小火柴人，身高只有十公分大小的機械王座。

「花寶寶，好久不見。」

小火柴人朝花寶揮舞著手，並且熟門熟路地跳上小雲朵，坐在花寶身邊。

「咪嗚！大帝！」

熟悉的聲音和小火柴人自來熟的動作，讓花寶瞬間認出對方的來歷。

機械王座只是一個稱號，實際上，機械王座名叫「亞歷山大」，動漫論壇的網友們會親暱地稱呼他為「大帝」。

花寶在聽哥哥姐姐們解釋亞歷山大大帝的由來後，也覺得這個名字很適合機械王座，他就是機械城的王，庇護著機械城的子民。

不過跟歷史上那位喜歡征戰的亞歷山大大帝比起來，機械王座這位大帝更加佛系，也更有玩心。

他經常偽裝成不同的機械幻靈出遊，繁忙的工作也在分身和智能手下的協助下，沒有任何耽擱，可以說是遊玩和工作一舉兼得，相當厲害！

有了大帝的陪玩，機械迷宮對花寶他們彷彿也友好起來，在又一次的場景變換時，他們面前出現一個華麗的大舞台。

舞台極為寬敞，燈光璀璨，周圍的天空還有彩色的電子煙火綻放。

「請各位來賓欣賞歌舞劇《馬戲團的華麗演出》。」

在熱情又激昂的音樂聲中，機械舞者先以整齊劃一的群舞開場，而後是男、女主角的獨舞和雙人舞，再來是扮演小丑的舞者登場，做出各種猶如魔法般的特技表演……

整個表演過程中，舞台的布景、道具和光影特效也不斷隨著音樂和舞蹈進行變化，營造出燈光美、氣氛佳、效果炸裂的效果，讓人看得目不暇給。

因為是機械迷宮內設置的演出，所以演出的時間並不長，一共只有十二分鐘，每一幕演出的時間差不多是兩、三分鐘左右，更換迅速，也讓整場表演全是精華，完全沒有冷場或是湊時間的表演。

花寶看得雙眼發亮，嘴裡不斷發出「哇！」、「哇喔！」這類的驚嘆聲，像小海豹一樣地連連鼓掌，白嫩的掌心都拍紅了。

一向冷靜自持的星寶雖然表面上沒有顯露出來，但他掩蓋在長袖子底下的小手也都激動得捏紅了。

機械王座一直陪著花寶他們玩到迷宮遊玩時間結束，這才在花寶跟商陸他們會合時，依依不捨地跟他們道別，並約定「有空就來找花寶和星寶玩」。

商陸以為這位名叫「大帝」的小火柴人是花寶跟星寶在迷宮裡新認識的朋友，完全沒有想到這隻小火柴人竟是機械城的統治者。

畢竟世人皆知的「機械王座」稱謂跟「亞歷山大」、「大帝」毫無關聯性，三個稱呼可說是相差十萬八千里，聯想不到也是正常的。

03

契靈師大學聯合競技比賽一共會舉行三日，第一日以熱血、激昂且廣受觀眾們喜愛的戰鬥組開場，團體戰、單人對決和雙人搭檔三種細項，滿足觀眾們不同的喜好。

緊張刺激的戰鬥結束後，第二天要舒緩觀眾們情緒，登場的是偏向技巧性、藝術性和趣味性的「藝術表演」、「運動競技」、「機械製造」，以及各項學生科研成果發表。

學生科研成果發表並不是競技活動，這類研究都有屬於各自的比賽，將這些項目放在契靈師大學聯合競技比賽上，也只是為了增加這些研究成果的曝光率，讓更多不關注這類研究成果的民眾了解罷了。

相比藝術表演和運動競技，研究成果發表更顯冷門，關注的民眾幾乎是相關領域的人，以及想要購買專利權，將這些研究成果商業化的商家。

藝術表演和運動競技觀看的人就多了，藝術表演的小項目有唱歌、跳舞、歌舞劇、舞台劇、時尚展演等類型，以藝術和美麗、時尚為重。

而運動競技則是偏向藝術和競技，像是冰上舞蹈、水中舞蹈、空中競技、藝術競技、陸海空三項混合競賽等項目。

花寶他們本來想待在飯店房間看直播的，不過北安大學也有入圍藝術表演和運動競技的選手團隊，冰上舞蹈帶隊老師熱情地邀約他們到現場觀看。

「冰舞還是現場看才更精采，氛圍感、故事的完整性還有細節只有現場才能感受得到！」

冰上舞蹈帶隊老師如此說道。

於是商陸一行人就跟著帶隊老師到了現場，並坐在帶隊教師專屬的包廂裡頭。

現場的氣氛很熱烈，座無虛席，而且還出現不少粉絲拿著花束、娃娃、旗子等東西應援的情況。

不知道的人還會以為這是某個追星現場！

冰面光滑如鏡，舞台燈光柔和地投射下來，映照出冰面上的雪白冰氣。

「這冰面據說摻了某種新型材料，非常好滑而且堅硬，就算大雪熊在上面蹦蹦跳跳也不會碎裂。」

帶隊老師跟旁人聊天，開心地說著場地的話題。

「聽說主辦單位這次投放了十個微型高清鏡頭，確保不會漏掉任何一個精采畫面和細節……」

主持人簡短地說了一下開場白，而後便宣告比賽開始。

「首先上場的節目名為《我們》，一號選手是來自北安大學的林雪舞和她的搭檔契靈白雪……」

林雪舞穿著一身白色鑲著藍邊、形似芭蕾服的短裙，衣服上點綴著閃亮的水晶，在燈光下熠熠生輝。

白雪是一隻形似狐狸、身高有一百五十公分的冰系契靈，她的全身通體雪白，背部是乳白色，脖子到腹部的區域是銀白色絨羽，眼睛周圍、嘴喙和腳爪是橘紅色，像是抹了眼影和胭脂一樣，長長的尾巴在甩動時會泛著冰花和點點光芒，看起來極有仙氣。

「林雪舞家裡是冰雪世家，花樣滑冰、滑雪、單板滑雪、短道速滑、冰球等等都有涉獵，他們家裡還建造了專業的滑冰館和滑雪場地……」

北安大學的冰舞老師介紹著自家登場的選手。

「林雪舞三歲就開始接觸花滑，從小到大拿過各種獎項，她的契靈是他父母的契靈所孕育的孩子，出生不久就跟著林雪舞在冰場上玩耍了……」

像這種家族繁衍出來的契靈，會對契靈師及其家人更加親近，感情更好。

「專業的花式滑冰比賽分有男子單人滑、女子單人滑、雙人滑、冰舞。每一種類別都還有短曲和長曲兩個項目，不過這裡又不是專業的花滑比賽，沒有分得那麼細，一律都是讓選手們表演長曲。」

契靈師因為有契靈回饋的關係，各種身體屬性都比一般人優秀，別說跳一首長曲了，就算一連跳上十首他們也是輕鬆拿捏。

「《我們》的音樂是請作曲家編寫的原創曲目……」

音樂一出，場上的一人一契靈隨即隨著音樂動了起來。

《我們》的曲風是輕快活潑的，在冰上演出的選手也配合著音樂，展現出各種舞姿，輕盈、靈動的旋轉、小跳步，高難度的各種三周跳、四周跳、連跳，以及絲滑優美的滑行。

人與雪狐的動作整齊劃一，配合默契。

雪狐跳舞時一併施展出的冰花、雪霧，尾巴甩出的極光飄帶等技能，讓整個表演畫面更加夢幻。

花寶不懂冰舞，不過她看得懂《我們》的表演。

這曲子描述了契靈師和她的契靈從小相伴，一起玩耍、一起滑冰、一起練習，一同經歷快樂、悲傷、沮喪失望、互相安慰並振作起來的內容。

從這首冰舞長曲演出中，觀眾們可以感受到人與雪狐之間的濃郁情感。

林雪舞跟雪狐的表演太精采了，以至於接在她後面上場的二號、三號選手都顯得演出平平，直到四號選手登場表演後，現場的氣氛這才活躍起來。

四號選手的契靈是一隻雪原熊，身高三公尺、體重有七百多公斤，當雪原熊坐在冰面上時，就像是一顆巨大的麻糬，軟Q軟Q的，讓人想要捏上一把。

四號選手的表演沒有林雪舞他們那麼輕盈優雅，而是充滿霸氣與陽剛氣，四號選手化身戰士，跟他的契靈搭檔演繹出一場精采的戰役曲目。

因為雪原熊的體積龐大，即使能夠蹦蹦跳跳，能在空中轉個一圈、兩圈的，那也不是雪原熊的優勢。

於是他們的舞曲編排大多是在冰面上滑行、旋轉，展現出英勇的霸氣，跳躍的編排很少。

但是他們也有自己的獨到招式，那就是「拋跳」——雪原熊將自家契靈師高高拋起，契靈師在空中旋轉跳躍、前空翻、後空翻、花式側翻……

人與熊宛如特技雜耍般的表演，讓觀眾們看得驚呼連連、掌聲此起彼落，熱鬧至極！

契靈師的冰舞表演跟一般人類選手的花滑比賽不同，人類選手的花滑比賽，技術分的比重不小，在空中進行四周跳，分數肯定比三周跳高。

但是在人與契靈的冰舞評分上，並沒有這樣的規定。

冰舞的評分是看契靈師和契靈的配合默契，看契靈的培育程度以及契靈施展技能的銜接性和熟練度。

契靈培育的好壞，大多可以從他們的外表進行判斷，像是毛色、鱗片是否鮮豔亮麗？神采是否明亮有神？體型是否符合契靈這個年紀的體態……

就如同沒有健身習慣的普通人跟有健身習慣的人站在一起時，從外表就可以看出的明顯差距，契靈也一樣，契靈的外貌可以顯露很多資訊。

而技能方面，每一個種族的契靈都會有基本招式和額外學習的特殊招式，評審不會強求契靈一定要表演特殊招式，但是基本招一定要在冰舞上施展出來。

以林雪舞的雪狐為例，冰花、雪霧就是雪狐一族的基本技能，每一隻雪狐都會施展，而極光飄帶這項技能就是需要經過特殊培育、高級傳承才能獲得的，不是每一隻雪狐都會，這項技能在冰舞上施展，自然是能夠為林雪舞他們的冰舞成績額外加分。

「也不是說一定要施展出特殊技能，要是特殊技能不夠熟練，在表演中施展失敗，那反而是扣分項……」帶隊老師解釋道。

如果只有施展特殊技能的選手才能獲得冠軍，那冰舞比賽不就被某些人壟斷了嗎？普通人可沒有這種人脈、財力和資源去培養特殊技能。

「相反的，如果契靈只會普通技能，但是卻將技能練得很好、很熟練，跟舞曲搭配得很好，也是有獲得冠軍的可能。

「我記得上上一屆的冠軍，就是靠著非常熟練、流暢的基礎技能，搭配出色的冰舞表演打敗其他選手的。」

花寶聽不懂老師口中那些成績的算法，她覺得場上這些表演都很棒，大家都很厲害，都是第一名！

最後，北安大學一共有兩名選手闖入決賽，林雪舞選手獲得了冠軍，另一位學生很可惜的只獲得第四名。

雖然沒能進入前三，但是這名學生是進入大學後才開始學冰舞的，參加冰舞比賽只是為了增長見識，沒想到能夠一路順利晉級到決賽中，這已經讓他相當喜出望外了。

即使只是第四名，沒有獎牌、獎狀，但是他的畢業成績可是會被加分不少！

而讓花寶感受到霸氣英武的四號選手跟他的雪原熊，則是獲得了第二名的成績，分數跟第一名的差距極其微弱，險些就能獲得冠軍。

整體而言，這屆的冰舞比賽，北安大學的選手都獲得了預期中的好成績，真是可喜可賀。

04

契靈師大學聯合競技比賽的第三天賽事比較文靜，這一天的項目是「解謎挑戰」、「契靈培育」、「契靈美容」、「能量植物栽培」等項目。

每一個項目都有北安大學的學生進入決賽，從這方面也可以看出北安大學人才濟濟、才華洋溢。

商陸跟白光禹並沒有特定想看的比賽，他們給自己的定位就是監護人和陪玩，陪著花寶和星寶體會比賽場上的熱烈氣氛。

花寶選擇去看契靈培育項目，因為那裡有她認識的熟人和契靈朋友。

契靈培育的參賽選手是北大培育系的學生，他們直接以「北大培育系」作為隊名報名參賽。

培育系的學生自帶一股天然的保父、保母氣質，見到契靈都是輕聲細語、溫溫柔柔地說話，嬌滴滴、萌噠噠的夾子音掐得很熟練。

他們的口袋和背包裡總是放著各式零食、玩具，給契靈梳毛、鱗片毛皮保養、治療小傷口的工具，行走校園時，見到契靈就會往契靈手上塞塊餅乾或一顆糖果，是整個北大最受契靈喜歡的學生。

花寶也一樣。

在星寶誕生之前，花寶經常往培育系跑，在那裡學習各種照顧幻靈蛋和新生幻靈的知識，跟培育系的學生和幻靈相處得很不錯，每次去都能收穫一堆餅乾、糖果和點心。

花寶跟培育系的關係好，現在他們要參加比賽，她當然要來現場為他們加油打氣！

契靈培育比賽的賽程就是參賽的選手團輪流上場，說出自己在培育契靈時的一些小發現、小技巧、小心得，整場比賽其實比較偏向契靈師的培育心得交流分享。

整體核心就是：如何讓自家契靈成長得更健康、更茁壯！

不過因為這只是契靈師大學聯合競技比賽，簡單來說就是展示學生在校期間所學，近似於「畢業生成果展示會」，真正重要的研究成果並不會在這裡發表出來。

跟科研成果一樣，選手們只會分享一些「該怎麼替討厭碰水的契靈洗澡而不會被契靈抓撓」、「該怎麼討好生氣的契靈主子」、「該怎麼鼓勵契靈訓練」等等，這類偏向日常的小資訊。

不過北安大學培育系演講的主題卻是《幻靈蛋的零級培育》，跟其他學校的題目顯得有些格格不入。

輪到北安大學上場時，孵蛋艙和幾瓶北大研發的藥劑被放到講台上。

北安孵蛋艙是模仿星寶的孵蛋艙製作的。

當星寶還在蛋裡時，情況感覺很不好，培育系為他進行了一系列的檢查，最後得出的結果是——星寶很有可能會變成死蛋。

這是比較委婉的說法，在培育系眾人看來，星寶其實已經一腳踏進鬼門關了，他們甚至都已經在想，等到幻靈蛋變成死蛋，他們該怎麼安慰花寶。

沒料到，星寶卻順利地孵化，而且身體還相當健康！

這實在是太出人意料了！

於是培育系老師徵求花寶同意，並跟商陸簽訂一系列合作合約，拿著孵蛋艙去進行研究，並且成功複製出現在的孵蛋艙二代。

雖然功能比原版的孵蛋艙還差一些，但是二代孵蛋艙完全可以吊打市面上的一千孵蛋艙。

「眾所皆知，幻靈還在蛋裡的時候，培育師能做的工作就是供應足夠能量和營養給幻靈蛋，其餘的培育就要等幻靈孵育出來才能進行。

「要是遇到幻靈蛋生病、有成為死蛋的跡象時，培育師能夠進行的救治手段，也只是提供充足能量，讓治療型契靈多刷幾次治療，剩下的就只能聽天由命……

「我們北安大學培育系針對這種情況，開展了一系列的研究項目，近期終於獲得不錯的成果。

「我們發現，幻靈在蛋裡時其實也能夠進行基礎培育，在幻靈蛋的時期其實也能夠進行救治……」

北安大學培育系選手在台上侃侃而談，她身後的大螢幕也隨著發言播放出各種圖片、影像和資料。

「我們北大培育系和商榮集團聯合研發出一款新型孵蛋艙，這款孵蛋艙可以為早產、瀕死的幻靈蛋進行緊急救治，我們找來了一百顆被認定即將成為死蛋的幻靈蛋進行實驗，最後救治成功的有八十三顆，而且孵育出的幻靈，只有十一隻體質較為虛弱，其餘新生幻靈都跟一般幻靈沒有兩樣。」

如果按照以往的救治手段，就算幻靈蛋僥倖活下來了，新生幻靈的體質也比不上正常幻靈，需要小心養育。

「……經過多次實驗後，我們發現，如果培育師在幻靈蛋時期以一星期一次的頻率，在蛋殼上塗抹增強幻靈體質的基礎藥膏，誕生的新生幻靈會比同期的新生幻靈資質更優秀，奠定更好的培育基礎。

「強化幻靈資質的基礎藥膏是我們北安培育系研發的，名字叫做『北安一號基礎藥膏』，簡稱『北安一號藥膏』。

「在實驗過程中，我們選出十個常見種族的幻靈蛋，將之分成兩組，作為對比，結果就如同這份報表顯示的，在蛋裡就進行滋養的新生幻靈，基礎體質比沒有滋養的幻靈提高百分之五到四十……

「提高百分之五的是蟲類幻靈，其餘幾種幻靈的提升都在十以上。」

為了不讓觀眾誤會，北安選手特地將蟲系幻靈拿出來說。

「大家都知道，蟲系幻靈基礎資質弱，就算想要提高他的體質，提升的程度也有限。

「蟲系幻靈是契靈師經常接觸到的基礎型幻靈，契靈師們幾乎人手一隻，所以我們北安培育系特地針對蟲系幻靈研發出『蟲系培育液』，蟲系培育液可以提高蟲系幻靈百分之九到十七的基礎資質……」

蟲系幻靈只需要幾千元就能買到，培育費用不高，成長速度也比一般幻靈快，是眾多家境不富裕的契靈師首選契靈，所以蟲系幻靈又跟鼠系、草系被通稱為「三大平民幻靈」。

別看蟲系幻靈的起點低、相當弱小，等他們進行二次蛻變，成為蝶系幻靈、甲蟲幻靈等型態，各種屬性和技能都會上升，也是相當不錯的契靈。

而且蟲系的成長性高，隨著吃進去的培育材料不同，甚至有機會出現「奇蹟的第三次蛻變」，有極其微弱的機率變成幻之龍！

雖然機率只有非常渺小的百億萬分之一，但也有不少人想賭。

畢竟，那可是龍啊！

「如果將孵蛋艙搭配北安一號藥膏使用，可以在原先增加的基礎上再提高百分之六到十九……」

別看這僅僅只有百分之六到十九，如果原本是提升百分之四十，加上孵蛋艙提升的就有五十九了，這數值已經遠遠超過其餘同期契靈了！

北安大學的選手口齒清晰、條理分明，而且相當擅長打廣告，實測的數據資料、影片加上煽動人心的話語，讓不少契靈師都想要找北安大學買孵蛋艙跟北安一號基礎藥膏了。

在所有選手都上台發表過後，北安大學培育系不出意外地獲得了冠軍，並且收穫了不少訂單。

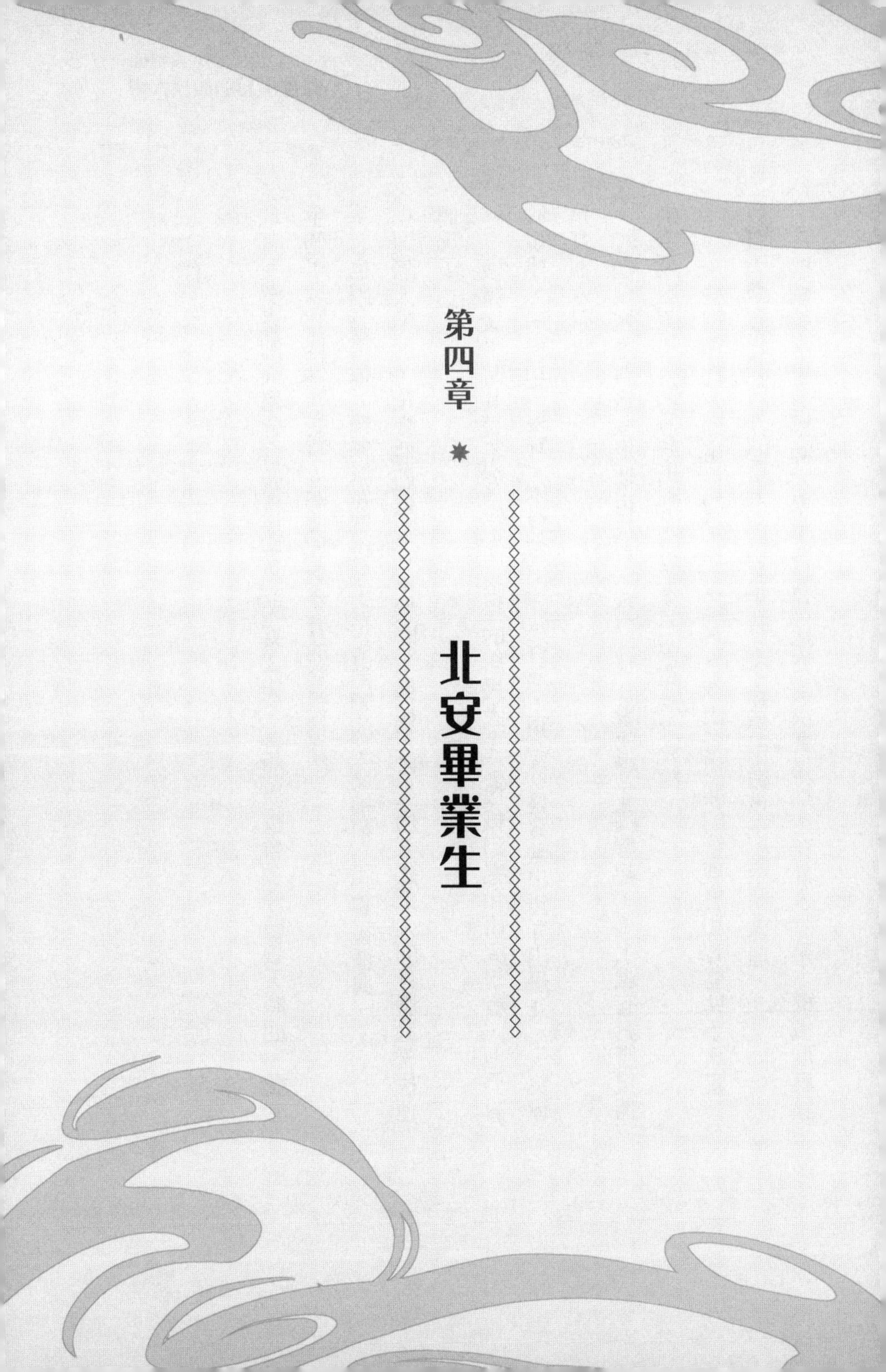

第四章

北安畢業生

01

在契靈師大學聯合競技比賽的閉幕式後，各間學校會多停留幾天時間，讓學生們可以在機械城參觀，順便放鬆參賽的緊張情緒。

也因為這樣，機械城在賽後幾天是最熱鬧的，又被稱為「賽後慶典」。

隔天早上，花寶他們還在吃早餐時，機械王座又用著火柴人的身體過來找他們玩了。

機械城平時其實不怎麼忙，這裡的居民大多是機械幻靈和研究學者，他們對於規律、規矩相當遵守，不會做出違法行為，頂多就是實驗出錯弄出爆炸、火災或是其他人為災情。

機械城應對這些災情也很有一套，往往警報聲才剛響起，馬上就有對應災情的手段施展，從災情發生到處置結束不會超過十分鐘。

一些規律性、固定性的工作行程，大多由各機關的管理者和智能助手負責，只有大型意外和對外的重大活動發生時，才需要由機械王座出手處理。

機械城承辦契靈師大學聯合競技比賽的決賽場地，在外人看來，機械城應該會為了比賽相當忙碌、做很多事前籌備，不然怎麼會有這麼出色、這麼好的比賽場地呢？

其實機械城展現出的全息戰鬥場地、整潔明亮的城市環境、井然有序的秩序控管、直播安排等事項，都只是機械城的傑出科技成果的一小角，根本沒有耗費機械城一干管理者太多力氣。

機械王座之所以被強迫坐鎮辦公室，無法出門玩，也只是因為他的手下覺得在這種時候，必須對外裝出忙碌的模樣，那些外人才會認為他們機械城很盡心盡力在辦這場活動。

機械王座對此嗤之以鼻，但是在屬下們的堅持下，他還是乖乖待在辦公室了。

機械王座亞歷山大大帝覺得自己犧牲很大，不過他的屬下們都不這麼認為。

機械王座雖然被壓在辦公室，但是他也不工作啊！

這幾天他都在刷網頁、逛網路、看比賽直播、喝肥機快樂水，忙碌的都是他們這些手下好嗎！

屬下們苦口婆心地勸戒自家老大，肥機快樂水不能多喝，飲料沒營養，還對機體會有損傷，造成蛀牙！

他也不聽！

還說機體損傷就換一個新的就好，不是什麼大問題。

然而，機械王座的機體是普通機體嗎？

能夠構成機械王座機體的材料，無一不是昂貴的高級材料，一顆小螺絲就能賣上千萬的那種。

這還只是一顆小螺絲，如果是大一點的零件呢？

肥機快樂水最喜歡摧殘的地方就是牙齒了，機械王座的牙齒可比小螺絲大多了、也貴多了！

扯遠了。

被關了幾天的機械王座，在比賽結束後終於自由了！

他的屬下們也知道他這幾天不開心，畢竟花寶都來機械城了，機械王座卻不能跟花寶出去玩，心情肯定很鬱悶。

於是屬下們在商議過後，決定讓許久不曾離開機械城的機械王座，跟隨花寶去北安大學玩幾天、散散心。

正好他們機械城跟北安大學有進一步的合作計畫，需要派機械幻靈前去商談，機械王座可以混在其中，不會引人關注。

於是在北安大學返回學校時，一眾師生是搭乘機械城特派專機直接飛回去的，相當有臉面，讓人羨慕得不得了。

來到北安大學的機械王座並沒有自報身分，而是以花寶的火柴人朋友「亞歷」的身分待在這裡。

北安一千師生對這群機械城的貴賓相當歡迎，因為機械城向來是最公正、最光明磊落、最慷慨大方的合作對象。

許多商家、團體組織合作的第一人選，大多會選擇機械城。

沒選擇機械城的那些，大多是從事非法交易，或是知道自己不符合機械城合作標準的人。

他們可不想要合作到一半，被機械城發現他們做的非法勾當，被機械城舉報背刺！

機械城跟北安的合作項目是「孵蛋艙的進階研究」。

機械城的科學家發現，孵蛋艙的部分功能跟治療相似，或許可以從孵蛋艙的方向進行深入研究，研發出治療艙。

現今也有治療艙這類的相關研究。

治療艙可以治癒大部分外傷，和少部分內部損傷，不過在治療疾病上就沒有太大作用了，而北安大學的孵蛋艙卻是能夠醫治所有受損、生病的幻靈蛋。

幻靈蛋之所以會變成死蛋，就是因為還沒孵育的幻靈帶有疾病，又或者是身體有損傷，而培育師的一切醫療手段並不能針對還沒孵化的幻靈進行醫治，這才會變成死蛋。

星寶孵蛋艙和治癒池的出現，讓研究人員見到了醫治幻靈蛋的希望。

這場由北安大學聯合機械城、商榮集團一起合作的研究，很快就在科研界和社會上掀起一陣波瀾，科研圈、商家、培育師、契靈師等都在關注，沒有人認為這項研究計畫會失敗。

一些專家學者甚至主動毛遂自薦，希望能加入這個研究團隊，往後也能夠在科研史上留名。

而企業商家則是希望能夠在治療艙成功研發後，搶購專利，趁機大賺一筆。

這些紛紛擾擾如同海浪席捲而來，在北安校園內引起一番動盪，甚至干擾了即將畢業的大四生的心。

02

學生餐廳。

學生們熱鬧哄哄地吃飯，在食物的香氣中交流近況、討論未來。

「聽說昨天又來了幾位博士想要加入治療艙的研究。」

「誰不想？治療艙現在可是香餑餑，一旦成功，那就是功成名就！名氣、權勢、金錢、地位都有了！」

「我姐姐的導師是治療艙研究團隊的一員，把他們這些研究生也一起帶進去了，可以說是一人得道、雞犬升天！」

「真好！我聽說研究團隊的福利很好耶！」

「那當然！那可是機械城的研究團隊和商榮集團！世界公認最慷慨、福利最好的城市和企業一起合作，福利怎麼可能不好？」

「詳細說說！」

「他們進行研究的研究器材都是機械城供應的，都是現在市面上的最新款，有一些還是機械城自家使用、不對外販售的新型機械！

「研究人員住的房子是機械城的拼裝房，從外面看來，房屋不大，但是真正進入裡面以後，會發現裡面用了空間折疊設計，空間大了三、四倍，而且各種家電設施一應俱全，還有智能管家系統幫你打理所有生活雜事，讓研究人員只需要專心研究，其他雜事都不用管。

「房屋的內部裝潢是商榮集團提供的，全都是品質相當好、價格相當昂貴的產品，而且他們的餐點都是聘請五星級大廚製作的！嘶溜……」

說話的學生忍不住吞嚥了一下口水。

「三餐、下午茶、甜點還有宵夜，不管什麼時候去餐廳，都能夠吃到食物，而且要是有特別想吃的東西，還可以另外點餐，全部都不用錢！」

「真好……」

旁聽的學生們也跟著流出不爭氣的口水。

「薪水就更不用說了，我姐她去年考上研究生，在導師的研究團隊裡是資歷最低的新人，在研究所裡只能打雜，當資深學長姐的助手，幫忙整理資料、記錄實驗數據，就這樣的工作，她一個月都能領四萬多！」

說話者瞪大眼睛，滿是羨慕地說道。

「要是研究項目成功了，他們這些研究生還能拿到額外的獎金，聽說一個人就有十萬！要是你的資歷更高，接觸到更加深入的工作，薪水和獎金也就更高！」

「他們那裡缺清潔人員嗎？我可以！」

「別想了，研究所的清潔工作是由機械城負責，你們也知道機械城工作有多麼仔細認真了，整個研究所被打掃得纖塵不染，就跟無菌室一樣，地板乾淨得甚至能夠用舌頭舔！」

「那些考上研究生的人可真好……」

「是啊，才剛當上研究生就有這個機會。」

說完了研究所的事，學生話鋒一轉，開啟了新話題。

「你們的工作找得怎麼樣？」

這是鄰近畢業的大四生當前最關注、最火熱的事情。

一些厲害的、同屆中的頂尖優秀生早早就找好了往後要任職的公司或是團隊，剩下成績較為平庸的、學習專業較為冷門的就慘了，都要畢業了，工作卻還是沒有下落。

「昨天我去一間公司應徵，你知道面試官跟我說什麼嗎？」

沒等同學回話，他自顧自地接下去說話。

「他說，我們公司是責任制，發到手上的工作都要忙完才能下班，因為是你分內的工作，所以也沒有加班費。」

應徵者模仿著面試官的說話腔調，陰陽怪氣地複述。

「擬定的每一種方案都要由上級審核過了、認可了，才算是完成，不然就要重新修改方案。」

「上級認可？那要是上級一直不認可怎麼辦？」旁人插嘴問道。

「我也是這麼問的，結果他說，不被認可就表示我能力不足，還需要繼續修。」

「啊這……怎麼聽起來好像對，又好像不太對？」

「當然不對啦！營養師制定的方案其實都有一定模式，只是需要根據契靈和客戶需求進行微調，契靈跟客戶覺得好就好，要主管認同幹嘛？」

「就是說啊！而且要是主管認可，結果客戶不認可呢？要是主管修改的方案不適合契靈呢？那過錯算誰的？」

說到這裡，應徵者的語氣隨之激動起來。

「而且你知道嗎？他們甚至還要求職員購買公司出產的營養品回家試用！還說什麼，職員就要了解公司產品……」

「是啊，我知道要了解公司產品，可是這種試用不是應該由公司提供嗎？為什麼要職員自己買？而且還沒有打折！」

「是詐騙公司嗎？」同學同樣氣憤地插嘴，「表面上說是應徵，其實是讓你買東西，不買就沒工作！」

「我也是這麼想的。」應徵者認同地點頭，「還好那間公司不是我的主要目標，我只是看見它在徵人，公司簡介又把自己誇得天花亂墜，讓我非常好奇，才投了履歷去看看。

「噢，對了，它在徵人宣傳上還寫公司福利很好、薪水比業界同仁優秀，結果你們知道它薪水開多少嗎？兩萬六！」

「什麼鬼？我家巷口的私人契靈培育所，營養師的薪水都有三萬三！」

「對啊！基本上都是三萬三、三萬五起跳，要是大型培育企業還能到四萬，結果它才兩萬六！還敢說自己開的薪水比業界同仁優秀！呵，是在秀底限嗎？」

「我也遇過類似的！」一名契靈美容專業的大四生附和，「我去一間契靈美容院面試，一開始都談得不錯，薪水啊、福利啊，聽起來都很好，真的是比業界平均水準都要高的那種！

「結果聊著聊著，面試官突然說，他們最近研發出一款人跟契靈都可以用的美容膏，說是敷在臉上、身體上之後，只要五分鐘，皮膚就可以變得更加光滑細緻、白皙亮麗……」

「白皙？契靈又不需要美白！」同學立刻發現疑點。

「而且那些可以迅速美白的產品，大部分對契靈的皮膚都是有損傷的。」另一人補充道。

「對啊，我那時候也是想到這一點。」美容專業學生點頭附和，「他們就跟我說，他們用的是最新科技，不會對契靈有影響，然後就說可以讓我試用……

「我是敏感肌，平常只用我自己測試過的產品，他們那種新研發而且還沒上市、沒經過檢測的產品我當然不可能用，所以我當場就拒絕了。

「結果他們還不死心，其他的員工也跑來說服我……」

「等等，妳在面試，然後其他員工沒在工作，就站在旁邊聽？」

「沒有，他們一開始就是站在附近，都在忙自己的事……」美容專業的學生皺著眉頭回想，「現在想想，確實很奇怪，因為我可以感覺到，他們會時不時地看我一眼，我拒絕試用產品的時候，聲音也不大，可是他們就立刻聽到了，然後就圍過來……」

「好恐怖。」

同學們想像了一下當時的場景，只覺得頭皮發麻。

「妳沒事吧？」

「沒事，那天我哥正好有空，陪我去面試，我哥戰鬥系的，發現氣氛不對，他馬上就放契靈，那些人就跑開了。

「那個面試我的主管還在那邊抱怨，說我哥太過緊張，把他們當壞人，他們只是好心想讓我試用……」

「呵，試用以後就要買了。」穿著條紋衣的同學冷笑，「這個套路我熟，我阿姨就是這樣被騙的。一開始只說試用，用了以後就說東西被你拆封，不能退，非要你買下，而且還會有一堆人包圍住你，對你威脅利誘，說要是我阿姨不買就走不出他們公司的門，還說他們認識誰誰誰，很有勢力。我阿姨沒辦法，只好買了，花了一萬多……」

「後來有報警嗎？」

「報了，可是沒用，他們會鑽法律漏洞。」

「有鑑賞期啊，七天內可以退，不然可以去消基會申訴……」

「鑑賞期退貨是針對『郵購買賣』或是『訪問買賣』，在實體店家買的不行……」

對此，學生們也只能嘆氣。

「騙子要是懂法律，那真的是連法律也管不了。」

03

「我現在最羨慕的就是機械系的學生了。」

身材白胖的小胖子吃完餐盤裡的食物，拿起汽水喝了幾口。

「商榮集團跟學校已經蓋好建造孵蛋艙的工廠了，聽說這週五就會舉行校內招聘會，會先招收機械系的學生，不夠了再從外面招人。

「因為是新廠，除了重要的管理職位會派遣專業人才擔任以外，其他職位都會對學生開放。

「厲害的優等生可以進入研發小組，繼續研究第二代、第三代的孵蛋艙；成績中等的可以進入維修保養、造型設計、配套的零件研發等部門；就算是成績最差的，也可以到生產線上當螺絲工！完全不用擔心工作找不到的問題！」

至於北安大學機械系畢業的學生願不願意去當螺絲工，那就是另一回事了，但是至少，他們在還沒有找到更好的工作時，這也是一個保底備胎。

「我怎麼聽說不是孵蛋艙工廠，是一個綜合性的科技園區？」另一名學生提出疑惑，「聽說園區裡頭有孵蛋艙廠房，還有藥廠，就是生產北安一號藥膏、蟲系培育液那些。聽說有不少培育系、藥劑系的學生已經簽約，現在已經在藥廠那邊實習了。」

「這又關培育系什麼事？」

「怎麼會沒關係？孵蛋艙要升級就要進行各種培育實驗啊！幻靈蛋好不好、

孵出的新生幻靈健不健康，這都是培育師的專業啊！」

「所以科技園區那裡也會有培育園？」

「對，聽說學校跟商榮聯合弄了一個大型幻靈生態園，占地上千畝呢！」

「嘶！大手筆啊！」

「肯定很多錢吧？」

「當然啊！不過培育系以後的學生就有福氣了，能去那裡進行校外課程和實習。」

「媽呀！我好酸！為什麼所有好事都是在我們要畢業了才來！」

一群畢業生哀怨不已，趴在餐桌上連聲嘆氣。

「行了，我們這一屆也不是沒有好事。」穿著白襯衫的男學生安慰道：「商陸老師成為戰鬥系老師，還在秘境裡找了一大堆資源給我們，孵蛋艙、能量果凍機、英靈老師也都是跟商陸老師有關……」

「也因為商陸老師帶來的這些好處，各個企業、組織都跟學校進行密切合作，別的不說，我們這一屆的工作機會就比以往幾屆還要多！」

「聽說下個月月初的校園招聘會，預計來我們學校進行招聘的公司多到爆？」

「對，截至目前為止，一共有一千三百多間企業已經確定設招聘攤，還有五百多間企業還沒確定，其他學校的招聘會也才只有四、五百間公司參與。」

說話者是學生會的人，這個招聘會就是由學生會負責策辦，所以他才知道那麼多內部資訊。

「其他學校聽到我們有那麼多公司企業，還發信給學校，想要跟我們學校進行聯合招聘，讓他們的畢業生也能有多一些的工作機會。」

聽到會有其他學校的競爭者出現，學生們緊張了。

「學校有答應嗎？」

「目前還在討論，有的老師贊成、有的老師反對。」

「當然反對啊！人家可是衝著我們學校來的，那些人跑來幹嘛？搶蛋糕啊？」

「其實讓他們來也沒有關係。」另一人持贊成意見，「不少人都已經確定工作了，剩下還沒找到工作的也只是在等機會，如果那些企業來了，結果想要去應徵工作的畢業生沒幾個，那場面多尷尬啊？」

眾人想像一下企業招聘攤櫛比鱗次，結果應聘的學生卻沒幾個，場面冷冷清清、悽悽慘慘戚戚的畫面，忍不住都笑了。

「哈哈哈確實很尷尬！」

「讓其他學校的學生過來還能熱鬧一點。」

別看這群畢業生嘴上嚷著「找不到工作」、「工作難找」之類的話，其實北安大學的畢業生真的不怕找不到工作。

這是屬於契靈師頂級名校的底氣！

現在還沒確定職業合約的人，一部分的人是因為他們想要成為公職人員，而公家機構的招聘都有固定時間，畢業生們要到招聘期開始再去應聘；一部分的人是還沒確定自己的未來方向，暫時先走馬看花，看別人忙著找工作，他們也湊熱鬧應徵的；還有一些人是嚮往探險、自由無拘束的生活，打算做個自由業工作者；還有一小部分的人是屬於要繼承家業，回家裡幫忙的……

總之，北安大學這些畢業生，真的不愁找不到工作。

退一萬步來說，就算真的找不到工作，他們也能去師長、學長姐、同學們的公司、團隊那裡攀關係、套交情，請諸位師長、前輩們協助自己創業，或是給予自己就業協助。

來北安大學念書是為了什麼？就是為了這廣大的人脈和強力靠山啊！

當然啦！能夠進入北安大學念書的都是天之驕子，很少有人會混到這種到處求人的地步，以他們的驕傲，也不會允許自己混不出名堂來。

「其實我最想去的是商榮集團旗下的冒險團隊，他們的福利可好了！」穿著黃色卡通T恤的畢業生說道：「後勤裝備全由商榮集團一手包辦，休假日多，要是受傷了，商榮集團包辦所有醫療費用，要是落下殘疾，商榮集團也會給他們免費安裝義肢，然後按照傷患的意願，將他調派到後勤或是其他職位，如果不幸死了，撫卹費、補助津貼、保險費、喪葬費全都很豐厚……」

「商榮集團有冒險團？」

「商榮集團不是只有安全部、後勤部跟護衛隊會招戰鬥系契靈師嗎？」

「有，我小舅舅就是商榮冒險團的成員。」黃色卡通T恤的畢業生回道。

「每年不是都有『年度十大最佳冒險團排行榜』嗎？第三名的『探險者團隊』跟第七名的『秘境尋寶團』就是商榮集團旗下的。」

黃色卡通T恤的畢業生挺起胸膛，頗為得意地說道：「我小舅舅他那個團就是第三名的探險者！」

「真的假的？我還以為他們只是接了商榮集團的廣告或是拿到商榮的贊助，這才會全身裝備都是商榮集團的商品！」

「不是，他們就是商榮集團自己組建的團隊，我小舅舅就是在探險者，這是他跟我說的。」

「商榮集團也太低調了吧？培養的冒險團那麼厲害，他們竟然都不說！要換成是我，我肯定會弄個『恭喜本公司旗下探險者團隊和秘境尋寶團獲選十大最佳冒險團』的宣傳！」

「難道是商榮集團不願意讓人知道這兩個團隊是他們的？」

「沒啊，我小舅舅說他們只是沒做宣傳而已，而且他們全身都是商榮集團的商品，應該一眼就能看出他們跟商榮集團有關係，沒想到還是有一堆人不知道，我小舅舅跟他隊友也覺得很搞笑……」

因為錯過公開的時機，他們覺得再跟外人說他們是商榮集團的人也很奇怪，感覺太過刻意、有些小題大作，他們就乾脆不說了。

反正想知道他們背景的人，去查一下建團資訊就知道了，上面有寫他們的老闆是誰。

04

「咦？那不是商陸老師嗎？要不，我們去問問？」

「好啊好啊！我很想知道今年商榮集團會有哪些部門招人？」

基於北安大學跟商榮集團的良好合作，商榮集團是許多畢業生心中的前三就職目標。

「這樣好嗎？」有學生面露遲疑，「老師來食堂是來吃東西的吧？我們過去會不會打擾他用餐？」

「沒事，下午三點多是花寶和星寶的下午茶時間，商老師只是陪他們過來吃點心的，不會打擾到。」

跟花寶熟悉的培育系學生如此說道。

「過去的時候先問問嘛！要是商老師願意跟我們聊，他就會讓我們留下。」

「也對。」

「那就走吧！」

一群學生浩浩蕩蕩的朝商陸和花寶他們走去，這時的商陸正買好花寶、星寶、亞歷山大和大白狼要吃的東西，正在找空位坐。

聽完學生們的來意，商陸笑著約他們一起共進下午茶。

「商榮集團有一個專門跑秘境的部門，叫做『探秘部』。」

商陸為學生們介紹著這個少為人知的部門。

「探秘部門設置了『探勘隊』、『材料隊』和『探險隊』，探勘隊是針對秘境的環境進行關注和分析，負責繪製秘境地圖；材料隊負責替商榮集團蒐集少見的中、高階材料；探險隊就是針對秘境中未知的區域進行探索，是整個部門的頂尖武力團隊。」

「那老師，想要進這些部門的話……」

「探秘部門對於成員的要求較高，不會到學校招生。」商陸給學生們潑了一桶冷水，「他們徵人都是在冒險者、契靈師公會、地質協會這些機構發公告，要不就是請獵頭公司找尋符合需求的職員。」

「商榮集團不是很重視新人培養嗎？這個部門沒有實習生嗎？」學生困惑地提問。

「有，但是文職都是研究生居多，戰鬥型契靈師需要達到中級。」商陸回答道。這兩個條件，畢業生之中不是沒有人達到，但是這類人都屬於金字塔頂端的精英，他們這群提問的學生都沒有。

學生們頓時覺得有些喪氣。

他們可是北安契靈師大學的學生，北安在契靈師大學的排名中可是第一名！說句自大的話，在這之前，在他們這群畢業生眼中，除了少數遴選標準嚴格的工作之外，其餘的工作應該都是任他們挑選才是。

沒想到……

花寶雖然在旁邊聽著，卻聽不明白他們話中的意思，明亮的眼中泛著迷茫。

坐在她左手邊的星寶叉起一小塊蛋糕送到她嘴邊，花寶自然地張嘴吃下。

嚼嚼嚼，嚼嚼嚼。

隨著咀嚼的動作，花寶白嫩的小臉頰一鼓一鼓的，讓人特別想戳一戳。

嘴裡的蛋糕嚥下去後，坐在花寶右手邊的亞歷山大端上飲料，讓花寶喝一口，潤潤嘴巴。

喝完飲料，星寶又接著叉起一小塊蛋糕餵她。

直到吃完整塊蛋糕，花寶都沒有動過手，被星寶跟亞歷山大伺候得好好的。

「福禍，花寶，擦嘴。」

星寶拿出手帕，為花寶擦去嘴角沾上的奶油。

「咪嗚！謝謝星寶，星寶也吃蛋糕。」

說著，花寶叉起一小塊蛋糕，遞到星寶嘴邊。

星寶一口吃下蛋糕，還在暗中挑釁地看了亞歷山大一眼。

亞歷山大對於小傢伙的「挑釁」不以為意，默默地拿著肥機快樂水喝著。

這幾日，為了跟亞歷山大「爭寵」，星寶學會「投餵」，總是要餵花寶吃完點心才自己吃蛋糕，花寶為此勸說過多次，但是星寶始終不聽。

後來花寶也禮尚往來，在吃過蛋糕後也餵星寶吃東西，讓星寶相當高興。兩個小傢伙你餵我、我餵你，餵完後還互相擦嘴巴的模樣，讓周圍旁觀他們吃點心的學生都覺得肚子吃撐了。

「媽呀，萌死我了……」

女同學看得雙眼發光，對著兩個小傢伙連拍好幾張照片。

「他、他們這麼小就是一對了，而我還是個單身狗！」

某位男同學一臉悲憤，捂著心口覺得心疼不已。

不管這群畢業生們對於未來如何憧憬、忐忑，時間都在一天天的流逝，很快地，校園招聘會如期到來。

在這之前，學校讓畢業生們進行投票，看要不要讓其他學校的畢業生也一同過來應徵，有八成學生都投了同意，於是這次北安大學的校園招聘會是對外開放的，不少其他學校的畢業生都跑了過來，甚至還有前一年畢業、現今仍然找不到好工作的非應屆生。

前來招人的廠商企業面對此也沒有不滿，反而相當高興。

畢竟他們跑來這裡招人，就是有人才需求，應徵的人多，他們也才好精挑細選，如果只有小貓兩、三隻，水準又平平，屬於招攬的合格邊緣，那這人是要還是不要？

而且攤位上聚集一堆應徵者，面試官手裡拿著厚厚一疊求職履歷，就覺得自家公司很搶手，連帶著也讓公司職員有一種與有榮焉的感覺。

因為參與校園招聘會的企業廠家相當多，北安大學動用校內占地最寬敞的廣場、學生禮堂、運動場和兩個戰鬥系訓練場地，按照招聘企業的類型和招聘需求，分設了幾個會場。

在招聘會場內，招聘攤位早已布置整齊，每個攤位都貼著公司的標誌和招聘職位的海報，部分大企業還印製了招聘手冊，供求職學生免費拿取。

求職者忙碌地在會場奔波，跟著學校為了招聘會設立的電子地圖指引，前往自己心儀的公司。

校園招聘會共計舉辦五天，但是要是有企業單位已經招募到需求的人數，他們會提前撤攤，所以招聘會最火熱的時段只在開頭前兩天。

這兩天中，不管是求職者或是招募企業，最好的、最優秀的都被選走了，剩下的就是被人挑剩的部分。

也不是說被挑剩就一定不好，很多工作和求職者靠的是緣分。

例如一些冷門又工作繁重的職業，像是護林員、守山員、動物保育員、社工、護理人員、家政清潔人員等職業，這些職業並不是不好，但是工作繁重、薪資和福利比不上大企業，這是事實。

有些人願意為愛、為夢想發電，吃麵包配白開水也甘之如飴，更多的人卻是需要從現實生活、經濟問題考量，不能任意妄為。

五天後，這場校園招聘會落幕了，整體而言，大多數人都找到了心儀又滿意的工作／職員，算是皆大歡喜。

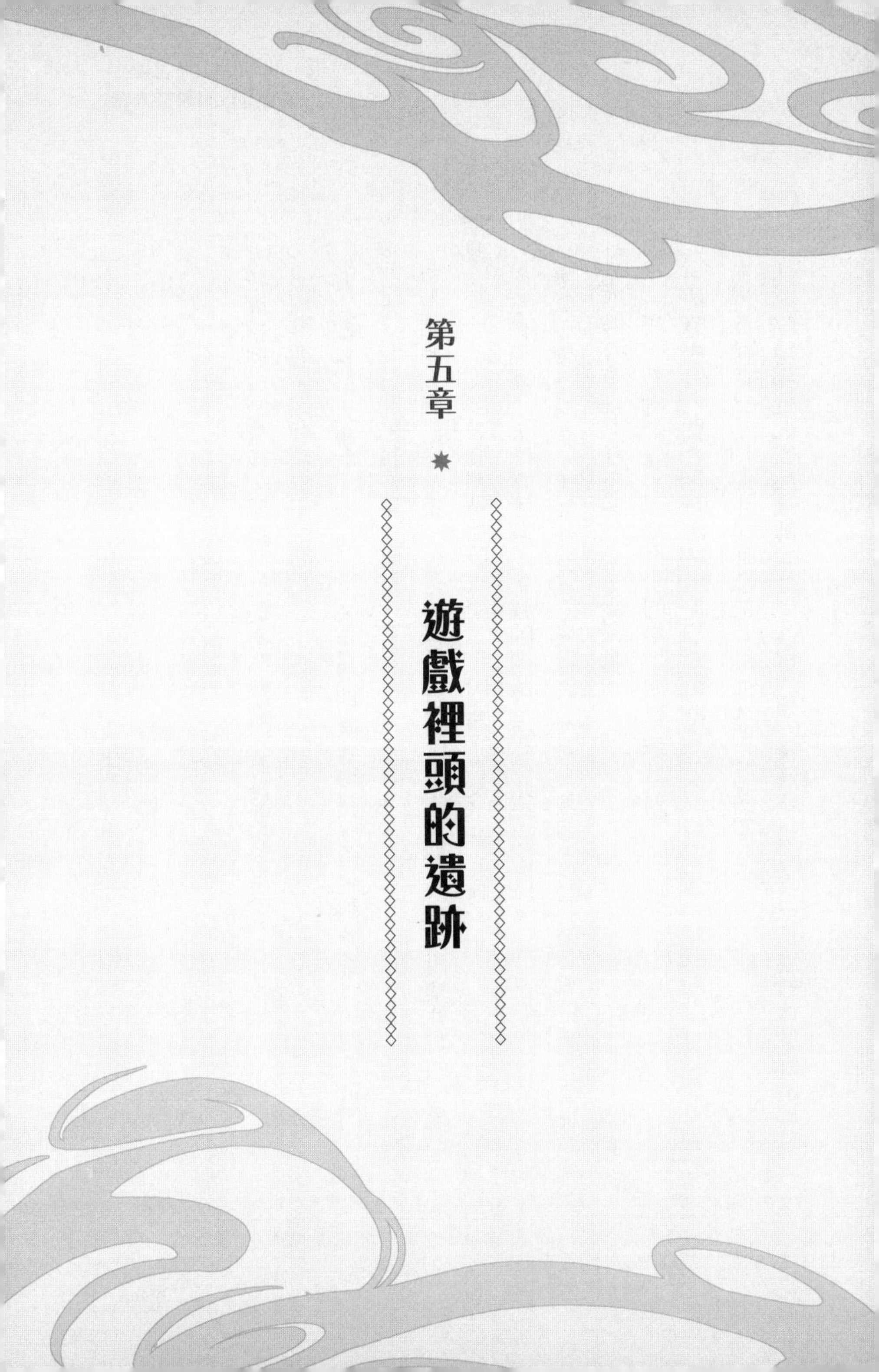

第五章 ✸ 遊戲裡頭的遺跡

01

校園招聘會結束後，緊接著就是畢業典禮，而後就放暑假了。

暑假期間，教師們也不得閒。

北安契靈師大學有一個傳統，在暑假期間會舉行「強化訓練營」，帶著戰鬥系學生進入秘境和前線，跟兇獸進行實戰。

現在深淵大戰已經結束，強化訓練營也從軍事化訓練變成偏向娛樂性質的「暑期夏令營」，從全員強制參加改成學生自由選擇，沒了緊迫感。

學生們輕鬆了，商陸等戰鬥系教師卻還是要為此奔波忙碌。

畢竟不管是只有一人參加夏令營還是有一百人參加，他們都必須做好各種規劃，確保學生在秘境中的傷亡能降至最低。

這一天，教師們正為了夏令營的場地開會進行討論。

「按照往例，夏令營的地點應該是迷夢秘境。」

戰鬥學院院長，同時也是商陸的二師兄沈明陽說道。

迷夢秘境鄰近北安契靈師大學，北安大學在迷夢秘境有自己專屬的休息營區，不管做什麼都方便。

「可是自從出現迷夢女神和夾心湖的大龍魚後，去那裡的人就變多了，現在依舊處於進出人員管制狀態，沒辦法讓我們舉辦夏令營。」沈明陽滿臉無奈地說道。

「要不去『天使谷地』或是『鐘塔迷宮』？」

這兩處秘境，也是北安大學經常作為夏令營的地點。

「我問過了，這兩個秘境都有學校預約了。」

想要用秘境充當夏令營訓練地點，需要向秘境管理處發出公文申請，進行事前預約。

「『綠集平原』或是『康特拉馬小鎮』呢？」商陸提出另外的地點選擇。

「這些也都被預定了。」沈明陽滿臉苦惱地揉著眉頭，「今年也不曉得是怎麼回事，一堆民間機構也開始舉辦夏令營，很多低等級的秘境都被他們預約了。」

他明明是按照往常的時間和程序在進行，怎麼今年卻發生這樣的意外？

為了挑選地點，他覺得自己的頭髮掉了好多！

「這就麻煩了。」白光禹看著夏令營的報名名單，語氣略顯苦惱，「申請參加夏令營的都是低年級生，不可能帶他們去高級秘境。」

「老師，這下該怎麼辦？」沈明陽向自家老師求助。

「要不，這次不去秘境了，就在訓練場訓練？」白光禹皺著眉頭回道。

「這是最後的辦法了。」沈明陽抹了一把臉，鬱悶地說道。

另一名身材健美、蜜色肌膚的戰鬥系女教師有不同的意見。

「但是學生平時都在學校進行訓練，現在暑假又繼續待在學校，我怕他們會厭學……」

「我也擔心這一點。」沈明陽也有考慮過這個問題。

看著一屋子陷入苦惱的老師們，花寶也被氣氛感染。

遇到問題怎麼辦？

那就抽獎囉！

《契靈守護》手遊因應暑假到來，舉辦了「漂流在時光裡的古代遺跡」的活動，玩家們可以從抽卡池中抽出一級到特級的遺跡副本的「時光之鑰」。

玩家藉由時光之鑰可以開啟時光之門，進入古代遺跡中打怪刷寶，還能獲得遺跡副本裡頭的特殊道具，像是配戴後能讓契靈「鋼鐵化」，強化防禦力的「鋼甲」；能讓契靈巨大化、各種屬性也隨之增加的「巨化石」；配戴後能夠自動治療契靈的「治療絲帶」；協助契靈學習和獲得技能的「技能機」等等。

遺跡副本的等級越高，獲得的道具也就越好。

遊戲上線新活動，花寶的論壇抽獎自然也跟著自動更新，出現了同款式的時光之鑰。

這段時間，花寶的抽獎券又累積了很多，是時候抽一把了！

登登登！兩千張抽獎券開抽！

抽出了一級遺跡鑰匙兩百三十七把、二級遺跡鑰匙一百五十九把、三級遺跡鑰匙九十三把、四級遺跡鑰匙七十六把、五級遺跡鑰匙五十把、六級遺跡鑰匙三十九把、七級遺跡鑰匙二十二把、八級遺跡鑰匙十六把、九級遺跡鑰匙七把、特級遺跡鑰匙兩把……以及一堆的零食、糖果、餅乾、點心、裝飾品和玩具。

花寶看著空間裡堆滿的鑰匙，雙眼閃閃發亮。

這些應該夠了吧？

要是不夠，花寶還有一千多張抽獎券可以抽呢！

花寶是大富翁！

「咪嗚！花寶有地方讓你們去玩！」

花寶高舉雙手，開開心心地揮舞著。

「花寶想到夏令營地點了嗎？」白光禹笑嘻嘻地看著她。

「花寶真棒！」

「花寶想去哪裡玩啊？」

一眾老師們也是面露慈愛地稱讚著、哄著她。

小契靈想要為他們分擔苦惱，這份心意多麼難得啊！可不能打擊了小花寶的自信！

「咪嗚！花寶有時光之鑰噠！」

花寶將空間裡的時光之鑰取出，按照鑰匙等級分別放置在會議桌上。

「咪嗚！時光之鑰，可以進遺跡玩！」

按照等級不同，時光之鑰的材質分有青銅、白銀和黃金，不管是哪一種，都帶著一股歷史的古樸厚重感。

鑰匙的長度有二十公分，一指寬，看上去沉甸甸的。

時光之鑰面上鑲嵌著一顆流光溢彩的寶石，寶石下方標示了遺跡的等級數字。

眾人一人拿起一把鑰匙打量，也不多問花寶這些東西是哪裡來的。

小契靈總有著許多祕密、有著許多「朋友」，例如存在於傳說中的迷夢女神，前日才離開學校返回機械城、名字與機械王座相同的火柴人——雖然一般人很難得知機械王座的名字，但是北安大學可是跟機械城有合作，有簽合約的，機械王座的名字就在合約書上，一目了然。

隱約猜出真相後，眾教師們便心照不宣了。

「花寶寶，這鑰匙是開遺跡門的？哪裡的遺跡？」白光禹問著花寶。

「咪嗚？就是、就是遺跡啊！」

花寶滿臉迷糊，這鑰匙不就是按了就開門嗎？為什麼還要問哪裡的遺跡呢？

「咪嗚，這樣、這樣開。」

花寶隨手拿起一把五級遺跡的時光之鑰，往上面的寶石按下，時光之鑰發出光芒，飄浮到半空，形體拉長延伸，變成一扇青銅色光門。

「花寶！」

突如其來的異變讓眾位老師瞬間離開座位，警惕地看著青銅色光門，商陸一把將花寶和星寶帶到自己身邊，大白狼也擺出戰鬥姿態，護在商陸面前。

「咪嗚？」花寶困惑地歪了歪腦袋，不明白為什麼大家這麼緊張。

「這是……門？」沈明陽看著門扉，又看了一眼花寶。

「咪嗚，是噠！是門噠！」

「門裡面是什麼？」

從他們站立的位置看去，青銅門的中心位置是一個漩渦型的銀灰色光圈，看不見裡頭的景象。

「咪嗚，是遺跡呀！遺跡噠！可以打怪獸噠！」

花寶揮舞著雙手，開開心心地發出組隊打怪邀請。

「福禍！打怪獸！」星寶也跟著附和。

只可惜，這裡不是遊戲，沒有一聽到副本就急哄哄地要開團的玩家！

「花寶，這裡面是哪裡的遺跡？」

商陸按住兩個興奮過度的小傢伙，語氣溫和地問。

「咪嗚？就、就遺跡噠！每一個都不一樣噠！隨機噠！」

花寶苦惱地皺眉，她又沒有進去，怎麼知道是哪個遺跡呢？

「隨機的？」

老師們互看一眼，有些意動。

「要不，進去看看？」

「先準備準備。」

一行人各自離開收拾行李，而後又到會議室集合。

在這期間，校長和其他科系有空閒的教師也來到了會議室，沈明陽將時光之鑰和光門的事情簡單地跟他們說了一遍。

「我們先進去看看，要是沒問題，或許可以當成夏令營的訓練場。」

「行，你們小心。」

校長爽快地點頭答應，並決定親自坐鎮會議室。

02

遺跡有限制進入的人數，一次只能進入十人。

戰鬥系的老師們加總起來將近二十人，一些偏向輔佐、文科、實際戰鬥能力較低的老師便自動退出。

由商陸負責帶隊、白光禹作為副隊長，帶領八名戰鬥經驗豐富的老師進入。

「咪嗚！開打、開打！」

花寶高興得像是要去郊遊一樣，拉著星寶的手在小白雲上蹦蹦跳跳。

商陸無奈地看著兩個小傢伙，很想問問他們：你們到底知不知道遺跡有多危險啊？

然而他的想法並沒有說出口，不然花寶一定會回答他：「我知道啊！我在遊戲裡刷過好多次了！」

一行人進入光門後，發現自己來到一處恢宏大氣、樣式古樸的……

「這是……地下堡壘？」

商陸四下環視、打量著周圍環境。

他們現在身處於一處寬敞又筆直的通道內，左右牆面各鑲嵌著一排火炬，火炬上端的火焰正在燃燒著，牆面是土黃色巨石砌成，地板是大塊的灰色岩石地板。

火炬的光芒只照亮商陸他們站立的位置以及前半段通道，後半節通道隱沒於一片黑暗之中。

「不是說是遺跡嗎？這通道怎麼跟我最近玩的一款古墓遊戲很像？」

熱愛各種冒險型遊戲的戰鬥系三年級老師「柳樂遊」嘀咕道。

「遺跡冒險遊戲的通道也跟這個長得差不多。」

機械系老師隨口回了一句，並開始指揮自家機械契靈，對著通道和各個位置開始錄像，準備帶回去當研究資料。

「親愛的寶貝，幫媽媽去看看前面有什麼？」

契約蟲系和毒系契靈的女老師「山嵐」，放出自家高級暗影蝶前去探路。

巴掌大的黑色蝴蝶飄然飛起，蝶翼上的銀白色眼形花紋閃爍，泛出透明的波動，偵查著周圍環境。

黑色蝴蝶在火炬的燈光照耀下，優雅地在寬敞又筆直的通道中飛行，通道的另一頭連接著黑暗，畫面唯美又帶著緊張氛圍，看起來很有冒險動作大片的質感。

暗影蝶飛到走道盡頭，發現盡頭處連接著一扇石門，石門兩側立著兩座一人高的動物石雕，石門面上雕刻著山海，除此之外別無他物，也沒有隱匿身形的兇獸藏於通道的某處。

暗影蝶迅速飛回原地，回報偵測情況。

「我新做了一套地面探測裝置，正好在這裡測試數據。」

機械系老師從背包裡取出一個手臂長寬的圓柱體，他將圓柱體放在通道口，按下上頭的開關。

啟動後，圓柱體自動放大延伸，變成汽油桶大小，兩端貼在通道的牆上。

機械系老師設置了一百公斤的重量，讓圓柱體緩慢地滾進通道。

在這種「大範圍橫掃」的情況下，通道地板裡頭要是有機關，肯定會被觸發。

果不其然，當大滾筒輾壓過某幾塊地磚時，機關陷阱被觸發了。

兩側的牆壁上方開了無數小孔洞，能將人射成刺蝟的箭雨自孔洞疾射而出，刺中滾筒後又被剛硬的金屬皮彈開；具有腐蝕效果的毒液自通道天花板落下，噴灑在滾筒上，將滾筒表面的金屬澆出了「滋滋」聲和刺鼻的濃煙；地板開了一個缺口，火焰轟然竄出，精準地燒上了滾筒，被火焰纏身的滾筒就這麼帶著渾身焰火繼續滾動……

不過一條短短的，不到一百公尺的通道，竟然就設下這麼多機關，讓商陸等人不由得背脊發寒。

「應該……沒陷阱了吧？」

有著一張娃娃臉，契靈是治療和輔助的女老師「向娃」，心驚地拍拍胸口。

「很難說。」柳樂遊搖頭回道：「我之前就玩過一個很坑人的遊戲，裡面的陷阱就很喜歡回頭殺，你以為陷阱都已經被觸發了，結果等你走過去的時候，欸嘿！又觸發了！」

「咪嗚！不會噠！只有一次。」花寶揮舞著白嫩的小手，舉手回答道。

「妳怎麼知道？」

「咪嗚，這裡我玩過。」花寶老實回答。

這處遺跡是遊戲中經常被抽中的副本，她跟著其他玩家來玩過幾回。

「妳來過這裡？什麼時候？」

「咪嗚，是在論壇呀！」花寶開開心心地回答了。

只是介於論壇的保密機制，這個答案在眾人聽來，就成了……

「在夢裡玩噠！」

「夢裡？」白光禹搖頭失笑。

換成是其他人這麼回答，老師們肯定以為對方在開玩笑，可是一想到花寶跟迷夢女神認識……

「那位女神的能力好像跟夢境有關？」

「穿梭夢境，在夢裡預警、教學……」另一名老師列出迷夢女神的技能。

話不用說得太明白，眾人互相交換一記眼神就清楚了。

迷夢女神還帶花寶來這裡玩過啊？

商陸微微皺眉，對迷夢女神有些微詞。

花寶年紀這麼小，迷夢女神就帶她到五級遺跡「玩」，要是出事了怎麼辦？

（無辜背黑鍋的迷夢女神，突然打了個噴嚏，滿臉茫然。）

「花寶知道裡面有什麼嗎？」商陸詢問道。

「對對對，裡面有什麼啊？怪物、寶箱、獎勵……」柳樂遊好奇地追問。

「咪嗚，怪物有好多、好多。獎勵有元素符石、超級能量食物，可以讓幻靈飛飛的無敵翅膀，有一定機率進化的進化石，學習技能的技能傳承球……唔，有好多好多噠！花寶沒有全部記住！」

「聽起來都是好東西啊！」

「元素符石？是我想的那個元素符石嗎？上古時期傳說中可以發動各種元素力量的符石？」

「那個技能傳承球……該不會就是不用學習，直接傳輸技能的傳承球吧？我之前在一本古籍上看到，在上古時期契靈可以經由吞噬技能傳承球獲得技能。」

「上古時期竟然有這麼多好東西？那為什麼現在都沒有流傳下來？」

「其實歷史典籍都有記載，只是因為那些東西都絕跡了，所以大家都覺得應該只是誇張的描述手法……」

「不是，能讓契靈進化的進化石就這麼沒有牌面？你們完全沒注意到它？我要是有一顆進化石，肯定讓我家『強力猩猩』進化成『霸霸猩』！」

熱愛健身，契約的契靈也都是契靈界肌肉猛男的老師「王一健」，興奮得雙眼發光。

霸霸猩是強力猩猩的頂尖進化型態，根據統計數據，一百萬隻強力猩猩才能進化出一隻霸霸猩，而且霸霸猩的進化路線不明，全都是靠運氣、靠機緣的。

現在機緣不就來了嗎？

王一健的強力猩猩培育得相當出色，每年的契靈健美比賽都能獲得冠軍，他相信，只要能收集到進化石，強力猩猩肯定能成為霸霸猩！

「吼！」

感受到契靈師的信念，強力猩猩也跟著吼叫一聲，抬手捶了捶健壯結實的胸肌，並擺出幾個健美姿勢。

「如果這裡的五級跟外面的五級秘境程度相同，想要通關這裡肯定不難……」

山嵐摸著趴在手背上的毒蠍子，心底也有些蠢蠢欲動，蟲系和毒系契靈進化困難，她的寶寶們也很缺進化石啊！

「但是我們並不能確定，這裡的五級是跟外界一樣。」白光禹給眾人潑了一桶冷水。

「這個……」

眾人紛紛轉頭看向花寶，炙熱的目光讓小傢伙一臉迷茫。

「福禍！」星寶起身擋在花寶面前，小臉一臉兇萌。

「你們別嚇到她。」

商陸將小雲朵拉到肩膀處，讓兩個小傢伙藏到他身後躲著。

幾位老師不好意思地笑笑，解釋道：「我們只是想看看小花寶知不知道這裡的等級判定情況……」

「是啊，如果遺跡的五級跟外面秘境的五級一樣，那我們就能估算出這裡的難度了。」

「咪嗚，一樣噠！」花寶回答道：「遺跡跟秘境都是一樣噠！」

「真的嗎？」

「太好了！這樣我們肯定能拿到獎勵！」

他們都是戰鬥系老師，平常就算單人闖蕩五級秘境也沒有問題，更何況現在還是組團過來的。

「也不能大意。」白光禹打消他們膨脹的自信心，「畢竟我們對這裡的地形不熟悉，這裡有什麼怪物和機關也不確定。」

「老師，您放心，我們不會大意的！」沈明陽笑嘻嘻地保證道。

白光禹冷笑一聲，「現場所有人，我最不放心的就是你！你自己說說，你有多久沒有鍛鍊了？肚子都養大了，有三個月了吧？」

「老師，我也沒辦法啊！」沈明陽為自己喊冤，「誰知道當戰鬥學院院長還要交際應酬？人家敬酒我又不能不喝……」

「得了吧你，你以前就喜歡偷喝酒，我聽說那些送禮的都是送你名牌好酒！」

白光禹可不信自家徒弟這一套。

「他、他們那樣的，就是喜歡送菸酒，我又不抽菸……」

沈明陽心虛地嘀嘀咕咕，腳步緩緩移到商陸身後，藉由商陸擋住老師譴責的目光。

「……」大白狼鄙視地看了他一眼，噴出一道鼻息。

03

了解遺跡情況後，眾人開始往前推進，迅速穿過通道後，來到石門前。

他們才剛想要找尋開啟石門的機關，門前的兩座石雕像動了。

「喀啦、喀啦沙沙沙沙……」

隨著石雕的活動，附著在它們身上的塵土泥沙隨之掉落，顯露出它們的真身。

原來是兩座青銅獅子。

青銅獅子的表皮刻劃著花紋，花紋流光溢彩，隱隱發散著能量。

「咪嗚！開打、開打！」

花寶為眾人上護盾，星寶也跟著給大家掛上賜福光環，讓他們在戰鬥時能順順利利。

「嗷嗚！」

大白狼嚎叫一聲，發出幾道巨大的風刃，直接把兩座青銅獅子削成數塊。

輕輕鬆鬆、簡單俐落就解決了，讓嚴陣以待的花寶和星寶面露茫然。

沒了？結束了？

他們還以為要轟轟烈烈的大戰一場呢！

怎麼這樣就沒了？

大白狼回頭看了兩個小傢伙一眼，眼底浮現笑意。

他可是君王級契靈，這種程度的怪物要是還需要辛苦去打鬥，那他不就白訓練了？

青銅獅子倒下後，身體化為光芒消失，只留下些許殘片和獎勵。

「嘖嘖！竟然跟遊戲的怪物一樣，死了就自動消失？這裡該不會是特製的遊戲場吧？」柳樂遊嘖嘖稱奇。

「可惜了，本來還想帶回去研究的。」

白光禹彎腰拾起幾枚殘片，殘片上的花紋失去能量，變得黯淡無光。

沒能抓到整隻的青銅獅子，帶這些殘片回去研究也行。

「這些東西是什麼？」

商陸撿起發散著微光的物品。

「咪嗚，獎勵，奔奔果實、岩之心、超能拳套和進化石碎片。」花寶打量幾眼，說出了物品名稱。

「碎片？那這東西還能用嗎？」

「咪嗚，可以噠！集滿十塊碎片就能合成一顆進化石！」

「這設定……怎麼越來越像遊戲了？」沈明陽頗有些哭笑不得。

如果說，之前說這裡像遊戲只是一句無心的調侃，現在這遺跡表現出的種種跡象，真的不能不讓他們往那個方向聯想啊！

「咪嗚，是遊戲噠！遊戲副本噠！」花寶笑嘻嘻地點頭附和。

「真的是遊戲？」

「難怪女神會帶妳來這裡『玩』。」

如果說，這裡是真正的遺跡，女神帶花寶來這裡闖蕩，著實有些缺心眼，但是如果這裡就是設定給幼崽玩的「遊戲場」，那迷夢女神帶花寶來這裡，也是理所當然的。

「既然是遊戲……那這裡不就不會死人了？」

「咪嗚，死掉就會退出遺跡，沒有寶箱啦！」花寶說明道。

「真不會死人？」

柳樂遊有些躍躍欲試，他還沒玩過「真實版遺跡冒險」遊戲呢！

「別浪。」王一健制止了他，「沒聽到花寶說了嗎？要完整通關才有寶箱獎勵。」

「如果不會有傷亡的話，這裡倒是可以讓學生們歷練。」

沈明陽已經在考慮將這裡定為學生夏令營的訓練場了。

「行了，先闖一趟，看看能拿到什麼東西。」

確定有進化石的存在，山嵐已經恨不得衝進遺跡裡頭開始打怪了。

原本封閉的石門在青銅獅子死亡後就自動開啟了，一行人穿過石門，來到一處寬敞的空間。

空間別無他物，只有中間一座飄浮在半空的螺旋階梯聳立著。

「怎麼空空蕩蕩的？這裡這麼大，很適合戰鬥啊……」

山嵐皺著眉頭埋怨，顯然對眼前連一隻怪物都沒有出現的情況感到不滿。

「咪嗚！有怪啊，好多吶！」

花寶的話音剛落，無數的岩石蛇怪就從石頭牆面滑下，朝著他們蜿蜒而來。

原來不是沒有怪物，而是這些岩石蛇怪的顏色、材質跟牆面一致，再加上它們全都一動不動，眾人都以為它們是牆上的雕刻裝飾。

「咪嗚嗚嗚嗚！打打打！歐累歐累歐累！」

「福禍，打打！」

花寶和星寶化身氣氛組，揮舞著小手手為眾人加油打氣。

岩石蛇怪如同一片土黃色的海洋席捲而來，氣勢兇猛，但是老師們也不是吃素的，契靈們各自施放技能，轟的轟、炸的炸、砍的砍，蛇怪就成群成片地化為光芒消失，只留下一地殘骸和獎勵。

這些蛇怪只是普通怪物，爆出的獎勵大多是「××的碎片」，或是一些藥劑、能量食物等等，不過積少成多、數量取勝嘛！所以商陸他們還是合成了幾顆完整的物品。

「土元素符石、進化石、治療液、能量食物……嗚呼！大豐收！」

沈明陽已經在心裡打著小算盤，打算將這些獎勵都收進戰鬥系的倉庫去，不讓其他科系分一杯羹！

「土元素符石的功效是什麼？」

「它上面的介紹是：配戴後，能讓身上覆蓋一層土系鎧甲，增強一倍的防禦力。」

商陸拿著土元素符石，眼前就出現一個像光幕一樣的介紹欄。

他按照介紹欄的文字，唸出了土元素符石的功效。

「這一倍是怎麼算？是契靈本身的防禦力再加一倍，還是某個標準數值的防禦力加一倍？」

如果是契靈本身的防禦力，那這土元素符石的用途就有些窄了，本身防禦力強大的契靈不需要它，而本身防禦力弱小的，就算加一倍也沒什麼作用，而且人類研究至今，也發展出許多增強防禦力的道具，功效比土元素符石要好。

「上面沒寫。不過它還有一個功能，將土元素符石泡在能量水中，土元素符石會溶解，將溶解液喝下後，契靈能夠增強防禦力，並且體內的土系能量也能獲得增長，還有機率領悟到土系技能。」

「這倒是不錯……」

「這塊『歷史殘片』，看簡介是跟古代的岩國有關……」

他們看不懂歷史殘片上的文字，幸好還有簡介告訴他們這塊殘片的來歷。

「岩國？這是哪個國家？沒聽說過。」

「歷史系的應該知道？」

然而，這次進來遺跡的人之中，並沒有歷史系老師。

「這東西本身也是古文物，放在學校的收藏室也不錯。」白光禹示意沈明陽將之收起。

北安大學因為成立於戰亂年間，學校主要栽培的科系以戰鬥系為主，醫療系為輔，其餘那些比較不重要的科系，諸如歷史系、契靈美容保養這些，就成了不受重視的小可憐了。

也是在戰爭過後，這些科系才逐漸有了起色。

白光禹經常聽見歷史系老師訴苦，說北安的歷史系雖然年代悠久，但因為不受重視的關係，發展的速度比其他新興學校還差！

不說別的，就拿古物藏品來說，其他學校的歷史文物收藏都能堆放滿滿的一棟藏館，而他們北安的卻只是塞滿兩間收藏室而已，出去開會都被其他學校嘲笑！

現在他們獲得了歷史殘片，總算能給歷史系增添幾分底氣了。

「照理說，小怪出來後，應該會有精英怪或是小王怪出現，怎麼都沒有？」

柳樂遊環顧四周，卻始終沒有找到小王怪，他的目光轉移到中央處懸空的旋轉樓梯。

「難道要上去才會遇到？」

無論如何猜測，他們都是要登上樓梯的，畢竟這裡也只有這一條路可以走。

在他們順著巨大的樓梯上行時，中途又出現幾隻精英怪攻擊他們。

精英怪的攻擊力比普通怪物強大，更加不好對付，但是獎勵也更加豐厚。

他們獲得了三把時光之鑰、兩顆完整的進化石、一顆毒系元素符石、一顆火系元素符石和一個能夠安定情緒、輔助精神力成長的靜心鈴鐺。

冒險活動向來有「參與者先選」、「按需分配」的規矩，現場就一位毒系契靈師，毒系元素符石自然歸山嵐所有了。

登上螺旋階梯後，又是一個大平台。

平台的另一側盤旋著一隻巨大的鋼岩龍蛇，他就是這一關的大魔王。

04

鋼岩龍蛇全身是鐵灰色、眼睛是紅色豎瞳，身形巨大，光是豎立起來的前半身就有三層樓高，尾巴在地面盤繞了幾圈，占滿大半空地，身上的鱗片像是小山，一片片高聳豎起。

嘴裡的毒液滴落地面，在地上滴出腐蝕的坑洞，還帶起冉冉白煙。

鋼岩龍蛇不愧是這一關的守關者，別的蛇怪只會「衝撞」、「撕咬」、「纏繞」和「毒液噴灑」這幾個技能，而鋼岩龍蛇卻多出了「地刺」、「毒霧」和「山崩落石」這三個範圍型的大招。

每次大招一發動，毒霧可以瀰漫整個空間，躲都躲不了；地刺一刷，就是一面巨大的扇形面積；山崩落石更是媲美「天降隕石」，讓白光禹他們只能到處奔逃，躲開空中不知道什麼時候落下的巨大岩石……

在遊戲中，花寶只覺得這技能特效超讚、超有氣勢、超好看！

現在特效變成了現實，花寶只希望商陸他們趕緊把鋼岩龍蛇打倒，她不想再刷技能了啊！手好酸啊！（哭哭）

團隊之中，具有治療能力的契靈（包括花寶）一共有六隻，能夠淨化鋼岩龍蛇毒液的契靈（包括花寶）僅只有三隻，而現場的契靈師加上契靈，將近有四十位，在這麼龐大的數額之下，兼具治療跟淨化能力的花寶自然是忙翻了天。

「小花寶辛苦了，再撐一下。」

白光禹笑著安撫，雙手各拿著一把特製的能量槍朝著鋼岩龍蛇開槍。

泛著藍光的子彈劃破空氣，擊穿鋼岩龍蛇堅硬的外皮在他體內炸開。

緊隨而來的風刃、火焰、光砲、土刺集中攻擊鋼岩龍蛇，霹霹啪啪地在鋼岩龍蛇身上轟炸出一團團絢麗的煙花。

「嘶嘶……」鋼岩龍蛇發出尖銳嚎叫，大量的落石自半空落下，砸向老師們。

雖然過程艱辛了一點、狼狽了一些，但是老師和契靈們豐沛的戰鬥經驗和作戰能力，讓他們順利打通關了。

鋼岩龍蛇爆出了一堆獎勵和一個造型精緻的大寶箱。

「五顆元素符石、三顆進化石、兩顆技能傳承球、龍王的鱗片、太陽之石、太宇隕石、星辰沙、萬能解毒配方、無敵翅膀、特性強化藥膏……嘖嘖！都是好東西啊！」

「看看寶箱裡頭有什麼！」

沈明陽心急地將寶箱打開，逐一報出裡頭的物品名稱。

「八級遺跡時光之鑰、土系幻靈蛋一顆、岩蛇化石、高級解毒劑配方一張、超級藥水一組、進化石五顆、王者之印一枚，還有一、二、三……八、九、十，十顆！十顆的契靈球？契靈球是什麼？」

沈明陽從寶箱中拿出契靈球，查看上頭的簡介。

「可以讓契靈進入契靈球內，隨身攜帶……這麼方便？」

沈明陽訝異地看著跟棒球差不多大小、單手就能拿著的契靈球，很難想像契靈進入這裡頭的模樣。

「什麼種類的契靈都可以？」

「那些大型契靈很適合用這個。」

大型契靈有的身形如同大象、有的形體如山，每次出行都很不方便，尤其是進入城市裡頭，他們都只能在半夜人車稀少的時段、沿著特定路線行走才行。現在有了契靈球，他們往後想要外出就更加方便了。

「現在這樣就算通關了嗎？」

山嵐環顧四周，見到一扇新出現的光門，猜測那應該就是出口。

「比我想像中的還要簡單。」

「咪嗚，一個關卡，打五次！」花寶回道。

「我們有打五次嗎？」柳樂遊彎著手指數著，「青銅獅子、蛇怪、精英蛇、鋼岩龍蛇，就四次而已啊！」

「還有開頭的通道機關。」沈明陽補充道。

「機關也算？」柳樂遊一臉震驚。

「或許設計的人覺得那也是一關吧！」

「我們先出去回報吧！外面的人應該等急了。」

白光禹提醒一聲，隨即朝著光門走去，其他人也跟在他後頭陸續走進光門。

穿過光門，他們出現在原先的會議室，校長等人正坐在位置上等著他們。

「辛苦了，歡迎你們回來。」

校長起身迎接眾人，滿臉笑容地招呼道。

「校長，那裡面是一處類似訓練場的地方，擊敗怪物能獲得獎勵，通關後能取得寶箱……」

沈明陽將寶箱和獎勵品放在會議桌上，向眾人說明裡頭的情況。

而先前拿了機器進行拍攝的人，也將機器錄製的影像放出，搭配沈明陽的解說，讓沒有進入遺跡的眾人更加了解它。

「遺跡似乎是某種存在特地打造的，它的分級跟外頭的秘境差不多……

「時光之鑰是一次性產物，用過就沒了，不過精英怪和寶箱能夠開出獎勵品和能夠進入遺跡的時光之鑰。精英怪爆出的時光之鑰等級偏低，高等級的時光之鑰似乎只有寶箱才能開出……」

要是能夠一直獲得時光之鑰，遺跡就能夠循環使用。

「在遺跡裡頭受傷會感受到疼痛。花寶說，在遺跡裡頭『死亡』會被傳送出來，不會真的死去，不過因為我們還沒有人真正『死』過，所以這點還有待驗證。

「遺跡裡頭有歷史殘片，目前還不能確定是不是真實的歷史，這一點需要請歷史系老師一同查證。

「以上這些只是我的推測，確實的情況還要再進行驗證，最好能夠再進入幾次遺跡，獲得更多情報……」

「那就再進一次吧！」

感覺還沒有「玩」過癮的柳樂遊，搶在校長前面開口。

「這次去難度高一點的，剛才不是拿到八級遺跡的鑰匙嗎？就去八級的吧！」

「我以前去過一次八級秘境。」山嵐面露回憶神色，「那時候我心高氣傲，覺得可以順利挑戰通過，結果我們整團人，有三分之一留在那裡，要不是一位前輩幫了我，我差點回不來……」

回來後，她潛心訓練，想要再挑戰一次，結果深淵大戰開打，她和前輩都要上前線支援。

當時她們約定好，等到大戰結束，再一起去八級秘境闖蕩一回。

只是戰爭結束後，前輩卻留在戰場上，再也沒辦法回來。

「趁現在時間還早，再進一次副本吧！」

柳樂遊抓起八級遺跡的時光之鑰，心急地催促。

「行，就再去一次！」

「其實我的戰鬥能力也不錯，要是有人累了不想進去，我可以補上。」

「我也是。」

聽到裡頭不會真的死亡，其餘幾位戰鬥系老師也有些蠢蠢欲動。

「誰累了啊？我不累！」

「我也不累。」

「我有精神得很！我現在可以一個打十個！」

「哎呀，你們都已經進去過了。」

「可是現在要去的是八級遺跡啊！八級！我都沒去過！」

能去八級遺跡見識一番而且又不會死，誰不想去啊！

柳樂遊的眼睛轉了轉，拿起一把六級遺跡的時光之鑰塞入其中一名老師手中。

「要不，你們也拿一把鑰匙去玩？」

「這、校長……」老師有些心動，但是還是要看校長反不反對。

「去吧！去吧！都去玩。」校長樂呵呵地揮揮手，沒有限制他們。

反正遺跡裡頭也有鑰匙獎勵，老師們進去遺跡可以帶出更多鑰匙和獎勵品，這樣也不錯。

經過老師們愉快的測試，他們得出以下幾點結果：

一、遺跡的時間跟現實同步。

二、在遺跡裡頭死了以後確實會被傳送到外面來，而且身上的痛楚和傷口會自動消失。

三、遺跡裡頭的歷史殘片是真實的。

四、遺跡怪物爆出的時光之鑰有一定規律，五級是一個分水嶺，五級遺跡和五級以下只會爆出低等級的時光之鑰，唯有寶箱能夠開出高等級的遺跡鑰匙，而五級以上的遺跡，精英怪也有機率爆出高等級的時光之鑰。

「學生們就安排他們在四級以下的遺跡訓練吧！」校長直接拍板定案。

四年級學生已經畢業，參與夏令營的學生只有一到三年級，以這些學生的實力，一到四級的遺跡就足夠他們訓練了。

校長又道：「五級和五級以上的遺跡就交由老師們進行探索，也可以問問那些畢業校友有沒有興趣參與？畢業校友給予母校諸多支持，我們總也要回饋一二。

「還有我們小花寶。」校長笑容和藹地看著她，「為了感謝小花寶提供時光之鑰，解決學校的難題，往後商陸老師和他的契靈在校內的一切消費全部免費！學校也會以優渥的價格向小花寶採購這批時光之鑰。」

買下一批時光之鑰，之後就可以「生」出更多的時光之鑰，這筆交易算是相當划算！

第六章

北安的特殊夏令營

01

夏令營當天，早上八點四十三分。

學生們聚集在指定的學生會館中，嘻嘻哈哈地聊著天，等待夏令營開始的時間到來。

「才放三天假就要來夏令營，根本就不像放暑假！」穿著運動服的學生苦著臉埋怨，「我好想要出去玩啊啊啊啊！」

「想開點，夏令營也就一個月，結束以後我們還有將近一個月的假期。」

「我們這樣已經算好的，聽說去年是學期結束就直接接上夏令營……」

「呵呵，我爸媽還幫我報了一個秘境訓練班，要去兩個星期，就在夏令營之後，我這個暑假都沒了！」

「哇喔！去秘境的課程都不便宜，我之前問過，最便宜的都要三十萬起跳！」

「哪個冒險團的秘境班？」另一人好奇地問。

「我聽說有些秘境班都是掛羊頭賣狗肉，進了秘境就帶你住在營區，平常也就只是在營區周圍轉一轉，營區周圍都被巡邏隊清理過了，根本就沒有兇獸！」

「要報秘境班的話，最好找知名的冒險團開的那種，不要找培訓班開的，培訓班的大多都是帶你在營區附近逛逛的。」

留著長瀏海的學生嗤笑一聲，說道：「培訓班的老師實力本來就不強，只能教教基礎，他們當然不敢深入秘境。」

契靈師分有正統和非正統，正統的就像學生們這樣，進入契靈師大學就讀，有著系統的傳承和知識，非正統的就是培訓班出身，經由考取契靈師執照獲得契靈師資格。

一般而言，擁有知識傳承和豐富資源的正統契靈師，實力比培訓班出身的非正統契靈師強大，但是也有一些野路子契靈師，靠著不斷進入秘境裡頭歷練、獲取資源，實力成長飛快，甚至能夠勝過行為模式較為刻板的正規契靈師。

說不上誰優誰劣，但是若以整個群體來進行比較，正規契靈師是要優於野路子的。

「你們聽說了嗎？這次的夏令營要在學校裡舉辦！」

「真的假的？在學校？」

「為什麼？以前不是都去秘境嗎？」

「聽說學校沒有租到秘境的場地，所以只能在訓練場辦……」

「不會吧！我最期待的就是去秘境，學校的訓練場有什麼好玩的啊！」

「我是為了秘境才報名參加的，早知道是要待在訓練場，我就不參加了，能夠退出嗎？」

學生們議論紛紛，全都不想待在學校的訓練場。

就在這時候，夏令營的開始時間也到了，沈明陽走上講台，制止了學生們的騷動。

「歡迎各位同學參與本屆的夏令營，今年的夏令營我們做了一些改變，本屆的夏令營將會在校內進行……」

沈明陽說到這裡，刻意停頓了下，觀看學生們的反應。

果不其然，一些「消息靈通」的學生緊張了，而不知情的學生也露出不願意的神情。

「院長，聽說我們要在訓練場訓練？」

「院長，我們不去秘境嗎？」

「聽說學校沒有租到秘境的訓練場？是真的嗎？」

「就算沒租到，也可以去其他地方啊！在學校裡多無聊啊……」

「大家別著急，聽我說。」

沈明陽擺了擺手，示意眾人安靜。

「學校確實沒有租到秘境的訓練場……」

沈明陽故意將話說一半，等著學生們反應。

「什麼？真的沒有？」

「真的要在學校的訓練場訓練啊？」

「上課要去訓練場，現在放暑假了還是要去訓練場……」

「我本來很期待去秘境哩……」

惡趣味的沈明陽看著學生們的苦瓜臉，滿意地笑了，這才慢悠悠地說完後半句話。

「因為學校獲得了比秘境訓練場更好的訓練地點。」

聽到有新的訓練場地，議論紛紛的學生們逐漸安靜下來，聽沈明陽往下說。

「因緣際會之下，學校獲得了名為『時光之鑰』的珍貴道具，這是一把可以開啟存在於歷史時光之中的遺跡鑰匙。」

沈明陽拿出一把時光之鑰，當著眾位學生的面開啟，一扇光門出現在他身旁，引起學生們一陣驚呼。

「遺跡的場景是隨機的，誰都不知道裡面有些什麼。一個遺跡可以進入十個人，但是為了保險起見，學校會派遣一位老師或是學長、學姐加入團隊裡頭，擔任輔導員……

「輔導員並不會協助你們戰鬥，而是會在你們全軍覆沒的時候，接替你們進行戰鬥，完成通關。」

畢竟要是沒能通關，珍貴的寶箱獎勵就沒了，學校可不能讓這種事情發生。

「在輔導員接手後，後續獲得的獎勵品就全歸學校所有，所以你們要是想要獲得多一點的物資，千萬要撐到最後的通關時刻。

「在遺跡裡頭，打怪會掉寶，全程通關可以拿到寶箱。對，就是你們玩遊戲打怪時會出現的那種掉寶。」

沈明陽的背後突然「刷——」一下地展開一對華麗的水藍色翅膀，帶著他浮空飛行。

飛行的時候，翅膀還自帶特效，沿著飛行軌跡灑落星辰般的碎光，看起來極為美麗。

「我身上這對翅膀就是在遺跡裡頭獲得的，不管是人或是契靈都能使用。」

學生們羨慕又激動地看著空中的沈明陽，心底也冒出了想要獲得翅膀的念頭。

緊接著，沈明陽就潑了學生們一桶冰水。

「這是在五級遺跡獲得的翅膀，你們的實力不夠，只能刷一到四級遺跡。

「其實我原本是想讓你們刷一到三級就好，四級是校長非要加上的。以你們的實力，進入四級遺跡也只是去長見識的，通關的機率很低……」

學生們聽沈明陽這麼看輕他們，紛紛表示抗議。

「院長怎麼可以這麼說？」

「院長你要對我們有信心啊！」

「對啊！說不定會有奇蹟發生呢？」

「奇蹟？」沈明陽嘲諷意味十足地笑了，「期待你們發生奇蹟，還不如期待我買樂透中頭獎！」

被看扁又被揶揄的學生們無語地看著沈明陽，突然有一種爆打師長的衝動。

院長，不知道您喜歡哪種顏色的麻袋呢？

感受到學生們的怨念，沈明陽得意地笑了。

在還沒當院長之前，他就是這種喜歡捉弄人的個性，只是當了院長後礙於身分需求，需要變得穩重一些，這才讓沈明陽偽裝起來。

也只有現在心情好，這才流露出一些本性來。

「你們也不用難過，我們學校的老師向來對學生很好，他們在遺跡裡頭刷到翅膀以後，就拿出了兩對放在學校的資源兌換區，你們要是有足夠的積分，可以去兌換。

「除了翅膀以外，其他高級遺跡裡頭的資源都會放一部分在兌換區裡，你們有空時可以去看看。」

學生們浮動的心情被安撫下來，打算等開幕式結束就打開兌換區的網頁看看。

「要是在遺跡裡頭死亡，你們會被傳送出來，不會真的死去，但是你們也別因為這樣就隨便浪，因為全程通關遺跡以後，你們會獲得一個寶箱，寶箱裡頭有許多外頭買不到的珍貴道具和寶物……」

沈明陽刻意停頓一秒，才又繼續說道。

「而這些獎勵，大多數歸你們所有。

「學校只需要你們繳交傳承類物品，像是時光之鑰、歷史殘片、古物、化石、配方、書籍等等，這些資源交給學校，學校可以進行研究，研究的成果會在課堂上回饋給你們，所以獲得傳承類資源時，請務必交給學校。」

沈明陽的要求相當寬容又合理，了解情況的學生都不反對，至於一些不清楚狀況的，也在聽了其他同學的解釋和說明後，紛紛表示贊成。

02

「像這種由學校提供遺跡給予學生歷練的活動，校方本來就能獲得其中一部分的資源，這是公認的規則。」

「對啊，像我之前參加的秘境班，我們打到的兇獸和藥草也是要繳交三成給秘境班的導師……」

「不是有給錢嗎？為什麼還要將自己收集的資源給導師？」

「他們說，秘境班的學費是裝備費、食宿費和訓練指導費用，學生要打兇獸、進入秘境收集資源，導師都要跟在旁邊當保鏢，這算是給導師們的保鏢費……」

「等等，訓練不就是要在秘境裡頭打兇獸嗎？他們本來就該保護學生啊！」

「不是喔！秘境班的訓練，大多是在營區裡頭或是在營區周圍，不會深入到兇獸所在的位置。」

「我們學校已經很慷慨了，只收傳承類的資源，其他學校是要學生上交一半呢！」

「何止啊！我朋友他們學校是要學生全部上交！他們學校說是會將資源換成

積分給學生，可是同樣一件東西，唔，假設說是犀牛角好了，學生交給學校可以拿到五積分，但是學生想要跟學校兌換犀牛角卻是要用十積分去換，這不是坑人嗎？」

「坑，真坑！」

「我覺得我們學校的夏令營真的很好，其他學校的夏令營學費都要五萬起跳，冒險團的更貴，十幾萬、幾十萬的都有！我們學校才收兩萬，兩萬元能做什麼？契靈的食物開銷都不止兩萬！」

北安大學的夏令營收費包含了吃、住、訓練和治療費用，高昂的治療費用不提，光是契靈的食物開銷，一個月就要花上十幾萬，兩萬元根本不足以支付，欠缺的金額都是北安大學自行補上的。

雖然說，各間契靈師大學的收費都比外面那些培訓班、戰鬥加強班、秘境班還要便宜，但是像北安大學這種自己貼錢做賠本買賣的，真是極為罕見。

「難怪北安大學是契靈師的第一志願，學校這麼好、這麼貼心、這麼善良，真的，我哭死！」

「我朋友聽說我在北安念書，一個個羨慕得不得了，都在打聽我們學校有哪些資源、有什麼活動？

「我朋友考上名校排名第二的南明大學，我本來以為兩間學校沒差多少，畢竟一個第一名、一個第二名嘛！可是他說他們學校的資源沒有我們多，而且積分雖然比我們學校好賺，可是那些資源要兌換的積分都很高。」

穿著藍色運動服的一年級學生分享自己朋友的情況。

「同樣一款強化膏，我們學校只要十積分就能換到，他們學校要三十積分！」

「嘩！這也太多了！」

「這不就是變相的數字遊戲嗎？積分好賺，看起來好像很容易就能換到東西，結果兌換品價格定得很高，學生能兌換到的資源依舊不多……」

「對啊，所以我朋友就跑來考我們學校的旁聽生，在我們學校賺積分、換資源了。他還說他正在努力轉成我們學校的正式學生……」

對方的家境不能支援他重考，他家裡還有弟弟、妹妹依靠他的獎學金念書，那位朋友也沒有重考的打算。

頓了頓，藍色運動服學生又道：「我本來覺得我已經夠努力了，可是看到我那個朋友以後，我才知道什麼叫做『只要死不了，就往死裡拼』！他真的真的很拼，才進來我們學校三個多月，接的任務量就已經快要跟我這個在學校待一年的打平了。」

而且對方還兼顧課業，沒有錯過任何一堂課程，那些任務都是利用零碎時間和假日去完成的，可說是一位優秀的時間管理大師！

「我表哥也是，他都已經大三了，快畢業了，可是他也跑來考我們學校的旁聽生。」二年級的學生附和道：「我問他為什麼，他說我們學校給學生的資源相當好，外面想要得到這樣的資源都要花很多錢，有時候花錢還不一定能得到，可是我們學校都低價供應給學生。」

「既然學校說會把所有獎勵都給我們，那我們就要抓緊這次的機會，大賺一筆！」

「聽說遺跡裡面有進化石跟技能傳承光球呢！這些東西在外面可買不到！」

「笑死，別說買不到了，這些東西放在外面是要被當成國寶收藏的！」

「兌換網頁上有土之精華！土系契靈吃了它可以增加土系能量、提高對土系技能的掌控，並且有領悟新技能的機會！而且只要一千五百積分！我、我剛好能換！」

一名偷偷打開學校資源兌換網頁的學生，激動得差點從座位上跳起。

他培育的主戰力契靈就是土系，這土之精華正好符合契靈需要。

他手腳飛快地點擊了兌換按鍵，幸虧他動作快，在他兌換了兩顆土之精華後，原本存量有一百多顆的土之精華瞬間被清空，沒貨了！

「天啊天啊天啊！我看到了什麼？太陽之石！」

穿著黑白條紋襯衫的男同學難以置信地瞪大眼睛。

「傳說中可以讓黑燄渡鴉進化成為太陽金烏的珍貴進化品！我哥哥有養黑燄渡鴉正好可以給他……呃，竟然要一百五十萬積分？這麼貴！」

旁邊的同學探頭看向他點出的網頁，回道：「這已經很便宜了，這可是太陽之石！唯一能讓黑燄渡鴉、火焰鳥、明王鷹變成太陽金烏的進化物，那可是太陽金烏！傳說中的太陽化身！

「你信不信，只要放出消息說我們學校有太陽之石，肯定一堆人捧著錢和各種珍貴物資跑來兌換？」

「……我信。」

條紋襯衫同學看著自己剩下的七千積分，朝天翻了個白眼。

「算了，放棄，讓我哥自己去想辦法吧！」

他將太陽之石的照片和相關資訊拍照傳給自家大哥，並留言說這是學校提供給學生的兌換品，但是他積分太少，換不了，讓大哥自己找學校購買。

訊息一傳過去，通訊鈴聲隨即響起。

「打通訊、聊天、兌換東西的同學們，我的話還沒說完，你們還想不想打遺跡、刷道具了？」

沈明陽的聲音透過擴音器傳來，讓條紋襯衫同學慌張地掛掉通話。

他回傳訊息給自家大哥，說明現在不能聯繫的原因，讓他自己想辦法找學校購買太陽之石。

跟條紋襯衫同學有同樣動作的學生不少，他們看見高等級道具和資源的時候，都是第一時間拍照聯繫親友，讓他們趕緊跑來學校搶購。

因為學生的舉動，北安契靈師大學擁有眾多珍貴道具和資源的消息迅速小範圍傳開。

參加夏令營的學生就只有戰鬥系一、二、三年級的「部分」學生——有些學生沒有參加學校的夏令營，跑去參加外面的冒險團——其他系所的學生都還不知情，消息擴散的程度有限。

也幸好消息被那些想要兌換的人有意無意地封鎖起來，不然現在北安大學的校長就要面臨被一堆勢力團體包圍的窘境了。

不過透露消息出去也是校長和老師們商量好的，他們無法保證學生們不會洩密，與其被動等著其他人找來，還不如自己掌握主動權，日後也才好跟那些人進行談判。

03

沈明陽看著台下騷動不安、恨不得他快點結束說話，讓他們馬上衝進遺跡冒險的學生，無奈地嘆了口氣。

「行了，我知道你們現在很想要我快點結束，我現在將進入遺跡的注意事項說一說，你們就可以進行組隊了。」

「一、二年級生一隊九人，外加一位輔佐員；三年級生一隊八人，加兩位輔佐員。

「一年級進一級遺跡，二年級進二級遺跡，三年級進三級遺跡，希望夏令營結束前，你們挑戰的遺跡難度都能夠提升一級。

「遺跡裡頭的時間流逝是跟外界一致的，裡頭一共有五個關卡，預估的通關時間是二到三小時……

「學校的安排是，早上九點進遺跡闖關，中午吃飯休息，下午兩點看紀錄影像討論你們的戰鬥，隔天針對你們的缺點進行強化訓練，後天再刷遺跡……」

聽到兩天才能刷一次遺跡，學生們又出現騷動，嚷著次數太少。

沈明陽被氣笑了，回吼道：「你們以為學校掌握的遺跡鑰匙很多嗎？這些鑰匙都是一次性的，用完就沒了！」

「可是遺跡裡頭不是會出鑰匙嗎？」學生反駁。

「遺跡裡頭雖然會出鑰匙，但是數量和遺跡等級都是隨機的，不一定有你們能用的。你們想要多刷一點遺跡，那就祈禱自己手氣好，可以刷到很多四級以下的時光之鑰吧！

「噢，對了，開寶箱的人，記得找手氣好的去開，不然拿不到好道具可別埋怨。玄學雖然虛無飄渺、沒有科學根據，可是還是有一定的道理的。」

刷遺跡的老師之中就有大名鼎鼎的非洲人，那位黑手老師開寶箱開出的道具和資源，真是讓人看了心酸流淚，想打人！

「好了，現在給你們半個小時的時間組隊，開始行動！」

「是！」

學生們興沖沖地起身，開始找身邊的人組隊，現場頓時亂成一團，看起來熱鬧無比。

「已經組好隊伍的，在夏令營網頁的『團隊』頁面上傳名單，學號、班級、姓名都要寫上啊，不然夏令營結束以後，開出的夏令營證書沒有你們，到時候你們自己哭去！」

夏令營證書沒什麼實質效用，只是一份參加了夏令營的憑證，但北安大學開出的夏令營證書可不只是一張紙。

北安大學的夏令營證書會附上一份分析報告，裡頭會有老師們對學生在夏令營的受訓評價，學生在夏令營期間的成長數據，訓練時需要改進的動作紀錄影像，以及日後的發展建議，是一份極具參考價值的資料，也是家長們了解自家孩子成長的最佳途徑。

像這樣的一份分析和建議資料，在外面的市場上可是要花費數萬到十數萬元才能獲得的，而且分析數據還不一定精確，可想而知，學生和家長們對它有多麼重視了。

學生們乖乖地按照格式，詳細地填寫自己的資料，完成組隊程序。

「已經建好隊伍的小隊，請派出隊長來這裡挑鑰匙。」

沈明陽指著放在講台上的三個大箱子。

「時光之鑰是按照等級放置的，左邊是一級，中間是二級，右邊是三級，別拿錯了。」

「遺跡是隨機的，誰都不知道你們會進入哪種遺跡，進去之前要有心理準備。

「隊長挑好鑰匙以後，再來領輔導員回去。」

沈明陽指著自己身旁穿著特製戰術背心的學長和學姐們，受聘擔任輔導員的他們擺出溫和親切的笑容，朝學弟妹們揮手。

「輔導員負責為你們拍攝遺跡通關和戰鬥情況，以及在你們團滅的時候接手後面的關卡……」

沈明陽重複著輔導員的職責。

這群輔導員有的是研究生、有的是已經畢業的畢業校友。

他們在第一時間得知遺跡的消息後，就「自願」擔任輔導員的工作，當然，學校也沒讓他們吃虧，等夏令營結束後，他們可以任意選擇一樣六級遺跡以下的道具，就算是進化石、技能傳承光球、太陽之石、月亮之石這些珍貴又稀罕的資源也都能拿！

也因為這樣，在消息放出後，申請擔任輔導員的信件瞬間暴增，經過重重篩選後，如今能出現在現場的都是相當優秀的契靈師。

「你們要是刷到重複的、多餘的、不需要的道具和資源，也可以賣給學校獲取積分……

「離開遺跡後，隊長記得第一時間將時光之鑰、歷史殘片和學習類資源交到講台這裡……

「已經領了鑰匙和輔導員的隊伍，可以自己找一塊空地開啟光門進入遺跡！」

在學生陸續開啟光門進入遺跡後，熱鬧紛雜的會館總算安靜下來。

沈明陽鬆了口氣，不自覺地掏掏耳朵。

學生們雖然礙於場合，說話音量不大，但是一堆人一起說話，聲音壓得再小，在偌大的館場內也依舊「嗡嗡嗡嗡」響個不停，即使現在安靜下來了，沈明陽的腦中還是持續有聲音迴盪，都出現幻聽了！

有跟沈明陽同樣感受的不止一人，老師們都在學生離去後大大地鬆了口氣。

「這群小崽子的動作還真快，兌換區的遺跡道具都被換光大半了。」

柳樂遊點開校園網站，看著兌換區上一堆已經被兌換的物品，調侃地笑了笑。

全部換光是不可能的，畢竟有些珍稀資源的兌換點數極高，一般學生很難湊齊需要的點數。

「你那邊接到幾通通訊了？我這邊有三十一通！」

另一名教師像是在炫耀什麼成果，得意地揚了揚手上的通訊器。

「三十七通通訊外加十幾封訊息。」柳樂遊看著自己的通訊紀錄，朝對方挑眉回道。

沒想到自己的數量輸了，讓那位老師有些鬱悶，而後他像是轉移話題似地問起了沈明陽。

「院長呢？應該接到不少聯絡訊息吧？」

「一百一十三通，外加三百多封訊息。」沈明陽看著被自己按了靜音的通訊器，無奈地嘆口氣。

接下來，他又要迎來一堆人的試探、交易和討價還價了。

雖然跟那些勢力能夠加深合作關係對學校也有益，只是他實在很不耐煩一件事情要跟不同的人說了又說、談了又談啊！

「商陸太狡猾了，竟然自己偷跑！」沈明陽咬牙切齒地埋怨道。

要是商陸在的話，憑著商陸談判的本事，不，他根本不用親自出馬，直接派出商榮集團的談判團隊就能輕鬆愉快地處理完這些事情，結果那小子竟然跑去刷高階遺跡！

而且他還拉著白老師一起去玩！

鼻要臉！好歹把白光禹老師留下，讓老師為他撐腰啊！

一想到那些勢力總喜歡倚老賣老，用強壯有力的手臂勾著沈明陽的脖子，跟他懷念他和白老師的過往，說什麼「以前我跟你老師在戰場上並肩作戰／認識多年／一起喝酒吃肉是感情很好的好兄弟，你應該要喊我一聲伯伯／叔叔／哥哥、姐姐」這種話，他就很想呸他們一聲。

只是在戰場上編入同一個軍隊就算「並肩作戰」？

只是見面打招呼的關係叫做「認識多年」？

只是一同在軍營食堂吃飯、在同一個宴會場合用餐就算一起吃飯？

只是禮貌地喊一聲「某某哥」，就自認自己是長輩？

啊呸！鼻要臉！

04

時間鄰近中午，進入遺跡探險的學生們就陸陸續續地回來了。

一走出光門，他們就急著跟自己的朋友炫耀自己的經歷，整個會館瞬間變得鬧哄哄的，像是菜市場一樣。

「太好玩了！裡面竟然有水天使！我超愛水天使的！她好美！」女學生激動得臉頰泛紅，拉著朋友嘰嘰喳喳地說道。

水天使是一種顏值相當高、戰鬥力也相當強大的元素型幻靈，他們長年隱居，生活在乾淨清澈、水系能量豐沛的水源之中，很少有人能看見他們的存在。

「那個海底遺跡好美，就像是傳說中的水晶宮，我剛才拍了好多照片！」

「我不會游泳，一進去發現我們在水底的時候，嚇得半死，還好在水裡也能呼吸！」

穿著黑色休閒服的男生拍著胸口，慶幸地說道。

「應該是特地設計的，我爸之前帶我去過一個水下遺跡，下水前我們要戴上潛水球才能入水……」

「我們去的遺跡有點像火山，有熔岩、火池子、溫泉……那裡的怪是火系和鋼系的，掉的獎勵也是以這兩系居多，我拿到幾塊火熔岩，可以給我家小火怪吃！」

其實他不只拿到火熔岩，火熔岩是全部隊員都有分到的物品，他個人還拿到可以增強火系攻擊力，被攻擊時會張開火源護盾防禦的火源晶，不過這個就不說了，免得別人嫉妒他的好運。

「我們就比較倒楣了，進了一個古墓遺跡，裡頭都是跳跳殭、骷髏人、三頭犬、皮皮鬼和幽靈……其他的都還行，可是幽靈和皮皮鬼免疫物理攻擊還能製造幻境精神攻擊！我們隊裡沒有解除精神攻擊的，勉強撐到第三關就團滅了。」

「這麼慘？那不就沒拿到什麼道具了？」

「獎勵還行，我們隊上有兩個運氣很好的紅手，打怪掉落的獎勵都很不錯，拿到幾樣可以訓練精神力的道具……」

道具不是一次性的，所以他們商量過後，決定輪流使用。

精神力對於契靈很重要，有些研究顯示，精神力影響著契靈的成長性，一些契靈遲遲未能晉級或是明明晉級了實力卻提升不多，很有可能就是因為契靈的精神力訓練不夠，精神力太少的關係。

「哇喔！真好！精神力道具可貴了！我上次看了一個咚咚木魚，效果普普通通，竟然也要一百三十幾萬！這還是打折後的價格！」

「這算便宜的了，我爸在拍賣行工作，有一個冒險團在秘境找到一塊靜心石送到他們的拍賣場拍賣，那塊靜心石大概兩個手掌大小，扁圓形，厚度差不多兩根手指加起來這麼厚……」

學生比劃著靜心石的體積，表明那塊靜心石並不算太大。

「你們知道賣了多少嗎？兩億五千七百萬！」

「媽呀！我一輩子也賺不了這麼多。」

「你太高估你自己了，應該是兩輩子也賺不了這麼多！」

「喂……」

「我們去的地方是天空喔！天上的城市！腳下踩的地板是柔軟的雲！牆壁也是雲！」

圓臉圓眼睛的少年激動得手舞足蹈，活像是看見喜歡的偶像明星一樣。

「我們見到白雲鴿、鵲橋、虹龍，還有掌管雷電的雷神雷公鷹！全都是傳說故事中的幻靈！傳說級的！」

圓臉圓眼睛的少年雙手捧著臉，一臉幸福得快要暈過去的模樣。

「那你們有通關嗎？拿到什麼獎勵？」

「我們在第二關就團滅了，畢竟是傳說級幻靈嘛！就算力量被削減了，我們也還是打不了啊……」

嘴上說著團滅經過，圓臉圓眼睛的少年卻是一臉開心地扭著身體，要不是場合不對，他就直接倒地打滾了。

「喂！正常一點，你現在的表情好變態啊！」

「嘿嘿嘿能夠見到那麼多傳說級幻靈，嗚呼呼我好高興，就算團滅，我也、死、而、無、憾！」

圓臉圓眼睛的少年用著歌舞劇的詠唱調，滿臉幸福地抬頭望天。

「……我只是想問你們拿到什麼獎勵而已，完全不想聽你這些很像變態的發言啊！」問話的同學無奈又暴躁地瞪著他。

沉浸在美好幻想中的圓臉少年完全沒聽進去對方的發言，依舊捧著臉傻呼呼地笑著。

雖然有些團隊沒能完全通關，但是整體來說，學生們都是有收穫的。

得到夢寐以求的道具和資源，學生們一個個笑開了花，就算回到宿舍也依舊嘰嘰喳喳聊著這件事，一些喜歡分享炫耀的還將自己獲得的道具和資源拍照，上傳到學生網站和自己的社交平台，引來一堆人的羨慕和嫉妒。

『寶啊，二哥平常對你不錯吧？』

通訊裡，二哥大咧咧的聲音傳來，讓接聽電話的錢多寶撇了撇嘴。

『你哪裡對我不錯了？老是搶我的零食！』

『寶啊，你這樣說可就過分啦！不給你吃零食是老媽下的禁令，又不是我故意跟你搶的。』

錢二哥大聲地為自己喊冤。

『再說了，要不是因為我跟你搶零食，你也不會瘦下來，現在還成為你們班上的班草！你應該感謝我！』

去年入學的錢多寶是一位圓臉圓眼、身材也有些圓胖的白嫩小胖子，經過一年的鍛鍊，他從小白胖子變成肌肉結實、臉也瘦成瓜子臉的小麥肌帥哥。

前後的轉變可說是相當大！

由此可知，「胖子都是潛力股」這句話是有可信度的。

『你到底想說什麼，快說！不然我要去睡覺了！』

錢多寶朝著自家二哥吼了回去，絲毫沒有兄友弟恭的模樣。

這樣的相處模式在他們家裡是常態，也只有掌管家裡經濟和美食大權的老媽能夠鎮壓住孩子們。

『我看到你們學校的兌換區有《火神龍的進化方案》，你幫我兌換一下吧！』

錢二哥笑嘻嘻地說道。

『有這個東西嗎？我看看……』

錢多寶點開學校的兌換網頁，在進化方案的分頁進行搜尋，還真的出現《火神龍的進化方案》！

因為是電子檔，沒有兌換數量的限制，但是這並不表示它的兌換積分就少了。

『昨天早上我看的時候還沒有，難道是今天才上架的？兌換……一萬積分？還挺便宜的。』

錢多寶看著網頁上顯示的兌換積分嘀咕道。

不是錢多寶太過豪氣，而是他知道，像這種進化方案一般要價都很昂貴，常見的進化方案都是三千、五千積分起跳，更別提火神龍這種神級存在的契靈了！

而且火神龍的進化方案目前仍然沒有被發現，擁有火神龍的那幾位都是誤打誤撞培育成的，市面上根本沒有確切的方案指導！

畢竟那可是神龍啊！

能夠被冠上「神」的名號的契靈，可都是極為強大的君王級、傳說級的存在！

至於學校的兌換資料會不會有假？

錢多寶對於北安的信任度極高，認為學校根本不可能會做出這種有損校譽的事情。

『才一萬積分？你們學校真大方！幫我換一份吧！』

錢二哥顯然也認為北安大學不會在這種事情上造假，便急忙催促自家小弟去兌換。

『哥，我現在才一年級，哪來的一萬積分啊？』錢多寶吐槽道。

『跟你的朋友、同學借一下嘛！要不跟他們買啊！』錢二哥回得乾脆。

積分是可以轉移交換的，這一點校方並沒有限制。

至於私下買賣積分……

雖然校方沒有開通用金錢兌換積分這種行為，但是也沒有明令禁止學生私下交易。

畢竟不是所有學生都出身富裕的家庭，販賣積分換取金錢，再用這筆錢補貼家用或是日常開銷，這種行為學校都是睜一隻眼、閉一隻眼放過。

『你說晚了！現在大家都想要兌換東西，能交易的積分早就都賣完了！』錢多寶無奈地說道。

北安大學的資源兌換區雖然是內部網頁，但也沒有進行太多限制，外校人只要有北安大學的學生證就能登入瀏覽，一些珍貴的資源早就被曝光出去了。

那些想買又買不成的人，早就盯上北安大學的學生，給出眾多好處跟學生們買積分，並請他們幫忙兌換，不少同學都因此大賺一筆呢！

『那怎麼辦？』錢二哥發出哀怨的嚎叫。

『誰叫你不快點回我？我都幫老爸、老媽、大哥他們換好東西了，就你沒消沒息，怪誰呢？』

在看過兌換區的兌換資源後，錢多寶將兌換區的消息和自己的學生證號碼傳給了家人，讓他們自己進兌換區找尋想要的資源，在他們挑中想要的東西後，錢多寶就幫著收購積分、兌換道具，現在錢家人就只剩下錢二哥兩手空空、什麼都沒兌換了。

雖然錢多寶這幾天依舊有陸續收購積分，可是想要買積分換東西的人變多了，積分價格噌噌上漲，他收到的也沒多少。

『我之前都待在秘境，今天下午才出來，一看到你的訊息就立刻聯絡你了！寶啊，親愛的小寶弟弟，幫幫二哥我吧！』

『嘖！』錢多寶煩躁地撓撓頭，『夏令營還剩下半個月，大家刷到多餘的道具都會拿去換成積分，我盡量幫你買吧！』

『謝啦！我先轉一百萬給你，不夠你再跟我說！』

錢二哥豪氣地轉帳給自家小弟，而後又轉了十萬元給錢多寶當零用錢。

像這樣的情況出現在各個學生之間，北安大學的積分價格被炒得很高，最後還是學校出面遏止了這樣的情況，同意開通一個外校人士購買道具資源的管道，讓積分價格回落下來，這次的紛爭才稍微趨緩。

嗯，只是稍微趨緩而已。

因為學校供應給外界購買的道具和資源是有限額的，以網路拍賣喊價的形式販售，限定的時間結束時，由出價最高的人獲得。

不少人喊價喊不過那些有錢人，又偷偷地聯繫上學生，希望可以再度走通學生的管道——再者，讓學生去購買，也會比他們拍賣喊價的要便宜。

學生們受到校方叮囑和警告，紛紛拒絕了這些人，讓他們只能無奈地從校方供應的販售管道購買。

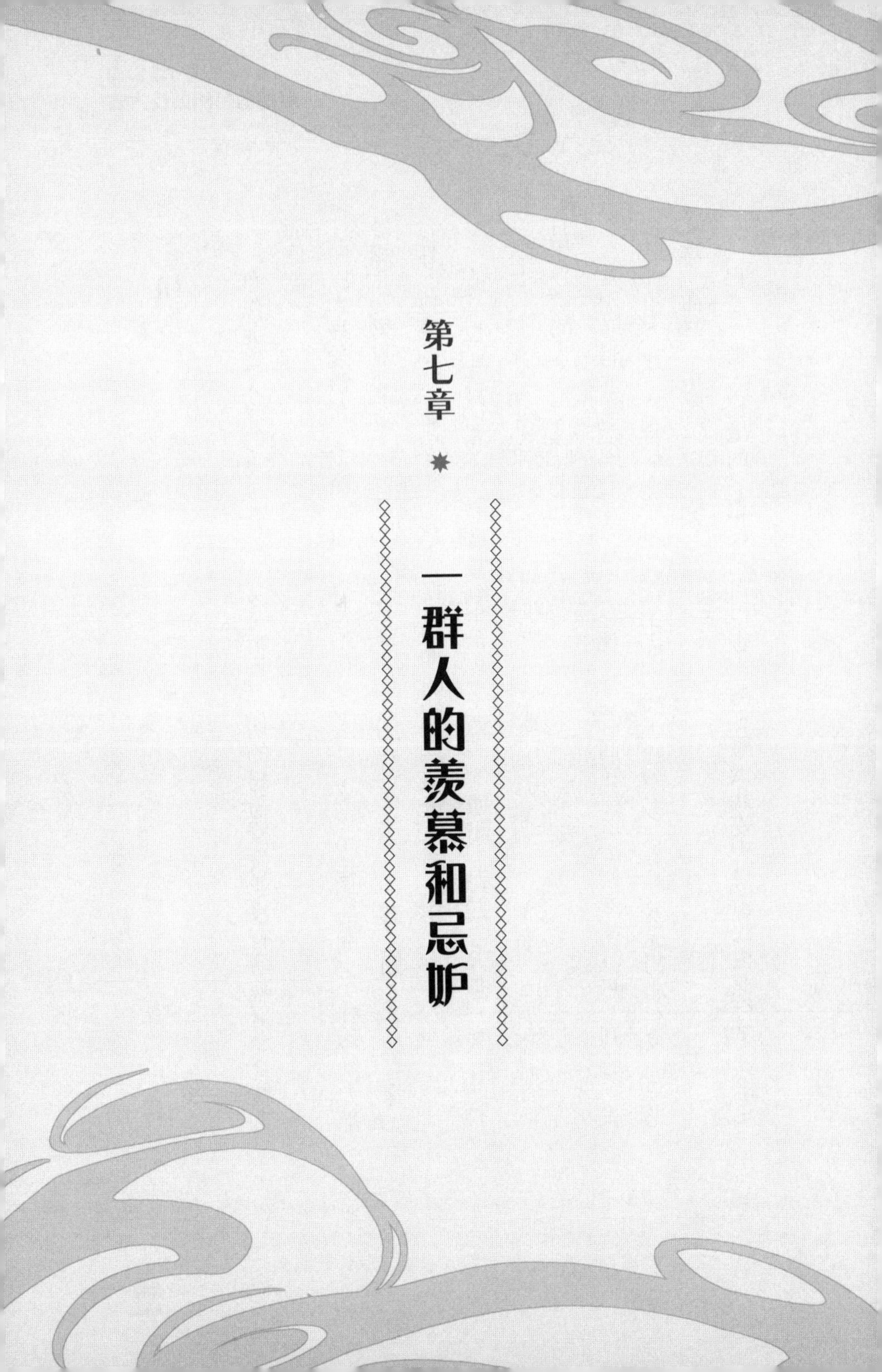

第七章

一群人的羨慕和忌妒

01

雖然北安大學的夏令營結束了，但是一切的紛紛擾擾並沒有隨著夏令營結束而停歇。

原本被封鎖在一定範圍內的消息，在夏令營結束後迅速擴散開來，許多勢力都得知北安契靈師大學擁有可以進入遺跡刷資源的時光之鑰，一時之間，各種打探、合作、協商蜂湧而來，讓仍然處於暑假期間的學校變得熱鬧非凡。

在這麼忙碌的當下，商陸接到黑市之主西澤的通訊，對方告訴他，黑市有不少人出高價僱人潛入北安大學盜取時光之鑰和各種珍貴資源，還有一些原本被商陸打壓停歇的人，再度盯上了花寶。

雖然商陸他們對外宣稱，時光之鑰是老師們在秘境中偶然獲得的，但是這個理由實在難以令人信服，畢竟在秘境中闖蕩的人那麼多，怎麼就你們北安獲得時光之鑰？而且一拿就是一大堆？

再者，進入秘境的名單都是可以查詢的，雖然北安大學對此也進行了安排，可是真想要調查的話，還是能查出些端倪的。

也別說時光之鑰是最近才出現的，鄰近暑假，跑去秘境探險、勘查秘境訓練班現場的人可不少，怎麼他們就沒有察覺？

一些腦筋動得快的人，就將花寶、秘境和時光之鑰聯繫上了。

他們猜想，或許商陸又帶花寶進入某秘境，然後他們又遇到某位秘境之主或是神秘存在，對方跟花寶認識，送給她一堆時光之鑰，讓她去更加安全的遺跡裡頭訓練和玩耍。

不得不說，雖然這些人的腦洞很大，中間還聯想歪了，卻也誤打誤撞將花寶和時光之鑰對上了。

西澤告訴商陸，如今他暫時攔住了那些人，但是他也只是一方地區的黑市之主，出了管轄內的黑市，他的權勢也不大，想要永除後患，還是需要商陸發動他的人脈勢力處理。

不過西澤也提出一個建議，就是讓北安大學放出幾把時光之鑰到黑市的拍賣場上拍賣，藉此吸引那些地下勢力的目光。

地下勢力之所以盯上北安大學，僱人來搶劫和盜取時光之鑰，就是因為他們沒有管道可以跟北安大學合作，沒辦法用正當的方式購買時光之鑰。

要是能將時光之鑰放出幾把到黑市的拍賣場販賣，他們或許就會打消偷盜的主意，畢竟北安大學也不是什麼省油的燈，不可能被招惹以後還悶不吭聲，肯定會有回擊手段。

地下勢力雖然行事無法無天，但他們也有自己的生存準則，能夠有其他方式得到時光之鑰，他們也不會想要跟北安大學硬碰硬。

商陸回覆會考慮這件事，畢竟時光之鑰是北安大學的資產，要不要拿去拍賣？拍賣什麼等級？拍賣多少數量？這些都需要北安大學的老師們一同開會討論。

時光之鑰雖然可以在遺跡中獲得，而且每個遺跡都能得到一到五支不等的數量，總歸還是有限額的。

開會討論後，他們還是決定拿出幾把時光之鑰進行拍賣了。

九級和特級的時光之鑰數量稀少，北安大學打算自己留著刷遺跡，不賣。八級拿出一支，七級兩支，六級三支，這是討論過後的拍賣數量。

教師們不認為拍賣時光之鑰後就能讓北安大學重獲安寧，豺狼是餵不飽的，牠們只會在吃了肉以後還想要更多，即使肉吃完了，那也要敲骨吸髓，直到無利可圖為止。

但是拍賣的消息放出後，可以拖延那些豺狼覬覦的時間，讓北安大學做出更完善、更好的防禦布置和反擊規劃。

——光是忍氣吞聲的防守可不是北安大學的校風。

「或許是低調太久了，大家都忘了我們北安是以戰鬥聞名的。」

面容和藹的校長難得地露出了殺氣，被陰影籠罩的臉龐顯得有些猙獰。

別看他成天笑得跟好脾氣的彌勒佛一樣，校長年輕時在戰場上可是有「黑魔煞」的稱號，砍過的兇獸、深淵怪物和人奸的腦袋可不少！

「該讓那些人了解一下『大學老師的威嚴』了！」白光禹露出虛偽的微笑，話語中滿是惡意。

敢對他家小花寶下手，那就別怪老師們給你來一場「愛的教育」！

於是乎，那些地下組織遭受到各種打擊，走私販被舉報，貨物被警方扣押，也有一些珍貴商品不翼而飛；從事非法買賣的被人砸了店，正規的生意場上被數家企業圍剿針對；隱匿的地下研究所和非法據點被揪出來，成員遭到逮捕，還有一些據點直接被搗毀……

一時之間，風聲鶴唳，所有探出的觸爪都縮了回去，想要等到風浪過去後再重新出現。

只是這招無往不利的招式沒用了。

以前這些非法組織龜縮藏起來，因為尋找隱匿據點耗時費力，而且很有可能毫無收穫，再加上擔心逼得太緊會引起非法組織激烈反擊，造成更大的社會動盪，所以執法機構和他們的對手就會各退一步，不再繼續追捕。

而現在，這些非法組織藏匿起來後，依舊被人一個個拔掉據點，勢力被人一砍再砍，小型的地下組織直接被連根拔起，中型組織苟延殘喘，剩下盤根錯節的大型地下勢力還能應付一二，但也狼狽無比……

即使在地下世界造成大動盪，所有人也察覺到，北安契靈師大學並沒有停手的打算。

是的，即使一開始不知情，在一樁樁、一件件的事情發生後，大多數人也猜出這場風波是北安契靈師大學的手筆了。

畢竟整場行動中，北安契靈師大學也沒有遮掩的打算。

他們明晃晃的用實際行動告訴所有人——

你們想要針對我們北安大學，以及北安的團寵花寶？那就準備承受我們的怒火吧！

眼看著風波越演越烈，一些中立派、組織規矩較為平和的地下勢力，忍不住找上巡夜人團隊和一些跟北安大學有交情的人當說客。

他們的訴求也很簡單，歸納一下就是：大佬們，你們生氣想要報復，那是你們的事，但是不能把我們這些無辜的、遵守道上規矩的地下勢力也拉下水啊！

地下世界相當混亂，有做盡各種壞事、毫無人性的匪徒；也有保留底限，只做些底層工作、維持生計的普通人……

這次北安大學引起的動盪，讓一些中立勢力和討生活的底層人員都遭受了影響，導致人心惶惶，還有一部分的人在考慮要不要脫離地下世界？

站在正義的理念上，能讓這些人「迷途知返」、「回歸正常生活」是很好的事，但是現實中掌管秩序的政府人員其實更希望這些人能夠繼續待在地下世界，免得影響正常社會的安寧。

經由各方人士的勸說，北安大學這才收手了。

——反正他們也發洩夠了，該準備回學校準備開學和新生入學的工作了，就假裝是賣給那些人一個面子吧！

另外，還要感謝暗地裡支持情報的機械城，要是沒有機械城送來的地下組織據點位置和相關犯罪情報，老師們也沒有辦法趕在開學前就將這件事情處理完畢！

北安大學私下送了一堆適合機械幻靈使用的道具和資源，作為感謝，並跟機械城達成往後訊息共享的合作。

機械城的情報局，犯罪的剋星，值得擁有！

02

開學向來是學校最忙碌的時候，尤其這一屆報名北安大學的新生人數暴增不少，在學生和家長的請求聲浪中，北安大學這一屆也增加了招收的學生人數。

以戰鬥系為例。

去年戰鬥系一個年級有十個班級，一班是二十名學生，而今年的戰鬥系變成二十個班級，每個班級的學生人數同樣是二十人。

暴增的學生人數也增加了教師們的負擔，北安大學也因此聘僱了多位新教師，還請機械城將教學樓改建成高科技建築，運用智能輔助系統減輕老師們的負擔，不然老師們很有可能會被繁重的教學壓力壓趴下。

於是，初來乍到的新生們見到從未見過的高科技課堂後，一個個目瞪口呆、宛如沒見過世面的土包子。

「北安大學的教室也太、太強了吧？難怪他們是排名第一的契靈師大學！」

「之前聽說有人想進來北安念書，就算只是旁聽生也願意，我那時候就想，這些人怎麼這麼傻，旁聽生怎麼能比得上正規的學生？現在我覺得，這裡的環境這麼好，就算是旁聽我也願意！」

「我要拍照發給我姐看！她一定很羨慕我哈哈哈！」

「我也來拍！我家人都很好奇我們學校的情況！」

「聽說軍訓過後會有家長參訪日，到時候就能邀請家人過來了。」

新生們紛紛舉起通訊器拍照、錄影，上傳到家族群和個人社交平台炫耀。

網友們看見嶄新亮麗又帶有未來科幻感的教學樓和校園功能，一個個羨慕得不得了。

——啊啊啊好酸！我好酸啊！我變成檸檬精了！北安大學的校園也太好看了！完全是我夢想中的校園環境啊啊啊啊啊！〔羨慕〕〔嫉妒〕

——這裡真的是學校嗎？不會是某個科幻電影的畫面吧？

——我不信！肯定是P的！這不是真的！〔滑稽〕〔哭笑〕

——嗚嗚嗚我去年畢業，那時候教學樓還沒改建成這樣！嗚嗚嗚我不管我不管我要重回學校念書！〔滿地打滾〕

——笑死！每次學校有好東西都是在學生畢業以後才出現！

——每個學生都有一個智能小幫手耶！而且系統還能夠自己捏臉或是套用幻

靈形象，超級可愛的！

——啊啊啊啊仙女貓、口袋叮噹好可愛！我也想要養！〔貓貓探頭〕

——厲害了！系統還會模仿幻靈的習性！這背後的資料庫是有多麼龐大啊？

——這不就等於「我沒辦法養那麼多契靈，但是我可以讓我的系統小精靈變裝，這樣我就有成千上萬的神奇幻靈了」嗎？〔羨慕〕〔好想要〕

——來說一個小消息好了，聽說這套系統是北安大學請機械城為學生們量身設計的！

——真的假的？我現在轉學去北安來得及嗎？

——可惡！北安也對學生太好了吧！這是什麼神仙學校啊？

——我決定了！明年我要考北安！

——哼！有高科技教室和系統小精靈又怎麼樣？新生開學了，要軍訓了吧？還是想想要怎麼樣熬過軍訓吧！（我絕對不會承認我是故意找碴）

——哈哈哈每年我最期待的就是看到一群灰頭土臉、曬成黑炭的新生！

——北安的軍訓應該跟其他學校差不多吧？會有什麼特別的設計嗎？

——跟其他大學的軍訓差不多，就是練體力、還有訓練跟契靈的磨合度，基本上就是探探新生的底啦！

——我還以為會安排新生去遺跡刷道具呢！

——讓新生去遺跡打怪也太浪費了！

——雖然只是一級遺跡，但也不是新生能應付的，聽說那遺跡鑰匙是一次性道具，用完就沒了，當然不可能浪費在新生身上。

——雖然是這樣，我還是很羨慕北安的新生，他們一進學校就有兩百點積分！聽說是校方贈送的新生禮物！

——兩百點？聽起來不多，能換啥啊？

——兩百點積分足夠讓新生換能量食物養契靈寶寶了！

——北安的積分很好用，能量樹果、能量糖、能量果凍這些只要十積分就能買一大包，北安一號強化膏只要五十積分，其他基礎的藥膏、藥劑也只要三十到七十積分就能買到。

——這麼便宜？換算下來，這些東西比外面賣得都還要便宜，這樣學校有得賺嗎？

——聽說學校有補助一部分，另外還有一部分是商榮集團和北安校友定期贊助的……

——雖然已經說過很多次了，但我還是要再說一次，我好酸酸酸！好羨慕北安的學生啊啊啊啊啊！

——我表姐說，在北安，完全不用擔心資源問題，只要肯努力，學校的任務就足夠讓學生賺到培養契靈的資源，不需要額外花錢！

——真好，我們學校的積分雖然給得多，但是兌換的價格也高，都還要另外花錢貼補。

——花錢貼補？你們學校能用錢買積分啊？

——對，其實有不少學校都能用錢買，大概只有北安和軍校沒有開通這類功能，不過我聽說北安的學生也會私下交易積分。

——這個我知道！聽說是一些家境比較不好的，就會靠著交易積分賺生活費，所以學校就沒有禁止了。

——算了，還是別聊北安的福利吧！越說越嫉妒，我們來聊軍訓！北安的二、三、四年級聽說也要軍訓？

——不會吧？我們學校只有新生才有軍訓。

——北安是每個年級都有，每年開學都會有一次軍訓。高年級學生的軍訓會帶去秘境或是特殊的區域進行訓練。

——……好慘，突然不羨慕北安的學生了。

——我還以為只有軍校是這樣，沒想到北安也這樣……

——畢竟北安最早就是培育戰鬥系契靈師為主，跟軍方和巡夜人機構都有合作，是輸送人才的搖籃……

——快報快報！北安戰鬥系今年的軍訓取消啦！

——欸欸欸為什麼取消？發生什麼事了嗎？

——只有戰鬥系取消？其他科系還是要軍訓？為什麼？

——據說是因為戰鬥系在夏令營中獲得充足的訓練，收穫頗豐，他們現在忙著穩固實力，所以校方就決定取消他們今年的軍訓了。

——「獲得充足的訓練」？呵呵，是獲得充足的資源吧！別以為我沒看過北安的兌換區！︹超級羨慕︺

——北安的兌換資源真的好多！我聽說有商人出高價跟學生購買？

——不是聽說有小偷團伙潛入校園，想要偷那些資源，結果被學生們包圍毆打嗎？

——哈哈哈那個新聞我也有看到！那群小偷被打得像豬頭一樣！

——打得好！最討厭偷東西的賊了！︹憤怒︺

——我真的覺得那些到北安偷東西、鬧事的肯定腦袋有坑，北安的安保系統可是當前世界最先進的，聘請的校園保安都是退役的軍人、警察以及契靈師！找死才會去北安偷東西吧？

——為了錢，什麼事情做不出來呢？更何況，就算當場被逮，他們行竊沒成功，罪行就不會判很重，去監獄裡頭待幾個月或是幾年而已。

——呵呵，這還是有判刑的，要是遇到恐龍法官，甚至可能無罪釋放！

——真的假的？還能無罪？

——真的啊！前段時間新聞有播，說是法官認為「小偷被抓的時候，人還在屋外，沒有進屋行竊，沒辦法構成認定竊盜未遂」！

——這新聞我也有看到！人家小偷被警察抓到的時候，大門的門鎖都已經被撬開了，小偷也坦承他是要進屋偷東西了，身上還帶著刀跟工具！這樣竟然還能無罪釋放！

——嘖嘖嘖！這法官還真是了不起！〔鄙夷拍手〕

——要是北安送到警局的小偷也無罪釋放……

——那就套麻袋！

——套誰麻袋？小偷？還是法官？

網路上的議論並沒有影響北安大學的開學日常，一年級新生在太陽底下和契靈進行各種默契訓練，二、三、四年級的學生也有自己的訓練安排。

最輕鬆愜意的當屬戰鬥系二、三、四年級學生，他們只需要跟自家契靈磨合，穩定提升後的狀態即可。

學生們呈現放養狀態，但是戰鬥系老師們也沒有閒著，光是應付各種前來查探、求購資源的客人，就足夠他們忙得團團轉了。

除了這群懷著各種盤算的訪客之外，還有一群歷史和考古系專業的教師和學者來訪。

北安大學從遺跡中獲得的歷史殘片、書籍畫冊、古物古董、化石骸骨等物，經由歷史系眾位教授整理，已經整整齊齊擺放在歷史文物收藏室了。

這項消息自然也在歷史考古學界公開了，許多學者聞聲而來，讓原本就很熱鬧的開學期間更加鬧騰。

相較於那些別有所圖的人，這群歷史系、考古系學者就顯得純粹許多，至少他們只是嘴上陰陽怪氣一番，藉此表達自己的羨慕和嫉妒，但是不至於覬覦他人的藏品。

另外那些訪客可就不同了，表面上熱情、溫和、友善，心底想的卻是該怎麼用最小的利益搬空北大的資源。

簡直無恥至極！

才在地下世界鬧過一場的北安老師們，也不畏懼這些人的盤算，只挑選態度良好、交易公道的人合作，那些貪婪之徒都被他們扔出校園了。

03

北大歷史文物收藏室。

前來參觀的歷史考古系教授、學者一行人看著新增的眾多歷史文物，臉上維持著客套微笑，實則心底羨慕、嫉妒不已。

歷史殘片、上古化石、古祭器、大家名人的書冊畫卷……可惡！怎麼這麼多好東西都歸北安了？

「這裡的空間不夠大，要是不小心碰撞到就糟糕了。」

「照明也要改一改，這些照明設施已經是十年前的舊款式了，現在有不少新的照明燈，不會造成古物、書籍書畫的老化毀損……」

「北安最近不是聽說經濟很充裕嗎？怎麼不建個大一點的藏館？」

「聽說北大把教學樓翻新，還花了不少錢弄什麼智能輔助……不可能捨不得建一間藏館吧？」

「不是吧、不是吧？你們歷史系雖然是北安所有科系中錄取分數最低的，但也不至於這麼不受重視吧？」

「也不能怪北安只重視戰鬥系，畢竟戰鬥系確實給北安帶來諸多資源，聽說這些古文物也是戰鬥系尋來的？在哪裡找到的？是大墓葬地嗎？」

某位老教授開始打探古文物來源，打算自己也組個考古團去探勘一番。

「洪老，您的資訊有點慢啊，這些古董古物其實是從一種特殊遺跡中獲得的……」

「特殊遺跡？」

「是啊，聽說能夠開啟遺跡的鑰匙是戰鬥系從某個秘境中得到的，他們把這種特殊遺跡用在夏令營培訓學生，這些古物是戰鬥系學生在遺跡裡頭訓練時，順手帶出來的……」

「也就是說，老何這是沾了戰鬥系的光！」

「嘖嘖！老何的運氣還真好，人在家中坐，古物就自動送上門。」

「之前老何還在說戰鬥系的都是莽夫，結果人家莽夫可是找了好東西給你！」

「哎呀！老何這樣可真不厚道，背地裡說人壞話。」

在場的人都能聽得出來，這群參觀的訪客明面上是在聊天，實則是因為太過嫉妒而陰陽怪氣。

對此，歷史學院的何院長一併笑納。

「不用太羨慕，我這不是邀請你們來觀看這些古文物了嗎？」

「哼！」

參訪的學者、教授們齊齊一哼，表現自己的態度。

雖然言語中有些針鋒相對的氛圍，其實他們都是相識許久的老朋友了。

以往歷史系遭遇麻煩時，這群朋友也會伸手相助一二，所以何院長得到這批古文物後，立刻投桃報李，特地邀請他們過來一起研究這些古文物。

「老何啊，老哥我給你個建議……」

身材高大壯碩、膚色黝黑、外型完全不像是考古學者的中年男子伸手攬住何院長的肩膀，露出一口大白牙笑道。

「你不要只待在學校裡研究，跟我們一樣，去『迦勒底』、『萬古坑』、『黑三角』這些地區走走，找找遺跡古墓，找到一座就是一項成就，這樣也不會被人認為什麼事都沒做……」

中年男子說的幾處地點都是相當熱門的考古地區，地域遼闊，其上有諸多古文明生衍。

即使考古學者們在這些地區已經鑽研了一百多年，挖出十多萬座古墓和遺跡，但這些地區的「考古潛力」依舊沒被挖掘完畢，仍然時不時傳出「又發現古物／古墓／遺跡」的消息。

歷史學者的工作向來都是安靜無聲的，即使他們日以繼夜的工作和學習，做出諸多成就，也很容易被不知情的民眾認為他們「就只是翻翻史書、沒什麼大貢獻」。

民眾會給予掌聲和驚嘆的，通常都是「透過考古發掘出某古墓、某遺跡，獲得高價又昂貴的古物古董」這樣的消息。

是的，對於普通民眾來說，你跟他們說：「這項工作可以探索歷史真相、見證歷史的發展」，民眾並不感興趣。

要是你告訴他們：「我們今天挖出的那個醜醜的銅罐，在拍賣場上可以賣到一千多萬！」

肯定會迎來一陣驚呼和羨慕，還有人會因此走向考古（盜墓）的道路。

順帶一提，因為先前陷於深淵大戰，需要大量籌措資金的關係，所以官方是准許私人買賣古文物的。

除了一些跟幻靈有關的道具、資源、歷史資料會被歷史博物館妥善收藏之外，那些無用的、純屬增添身價的古董、古物、古代的珠寶首飾都可以交易買賣。

在戰爭期間最缺錢的時候，官方甚至親自下場舉行拍賣會，拍賣一些不能增強實力、沒有重要歷史價值的古董古物，用以籌措軍費。

現在大戰結束，回歸和平了，聯盟也開始重視歷史保護，他們給古文物按照本身價值、對歷史的重要性、藝術價值等評分定級，特級和一級文物被禁止買賣，一旦查獲就是十年以上的監獄之行，二級到五級文物則是不受此限，依舊可以進行交易。

「你們就別為我操心了。」何院長微笑著回道：「學校已經敲定要為歷史系興建一棟歷史博物館，現在已經找到合適的空地，預計下個月動工。」

文物藏館和博物館的興建規模可不相同，北安大學可說是下了血本，要為自家的歷史系爭一口面子了！

「看來老何已經時來運轉了啊！」

「恭喜啊！」

朋友們紛紛笑著道賀，為鬱悶了許久的何院長道喜。

在重視戰鬥的北安大學任教，又是冷門的歷史系院長，何院長確實曾經憋屈過一段時間，校內的資源都是先分發給戰鬥系，而後是輔佐戰鬥以及醫療相關科系，再來是研究院，最後才會輪到其他系所，而在剩餘的科系之中，歷史系通常都是墊底的。

畢竟不管是農學院或是契靈美容保養的科系，他們都能夠用自己的專業為學校賺錢，只有歷史學院是賠錢的。

不過何院長雖然總會嘴上跟校長和朋友叨唸幾句，卻也很能理解校方的難處。畢竟大戰時期，戰鬥系看起來雖然風光無限，那傷亡數字卻是看得人心驚。戰鬥系擁有的一切都是他們用血汗、傷痛和生命在戰場上換來的，無人可以置喙。

更何況在大戰結束後，學校的資源分配也逐漸均等起來，雖然還是戰鬥系占大頭，但是少了戰場上的消耗，其他不受重視的科系也能分到多一些資源了。

「戰鬥系進入遺跡時，他們有順便拍攝影片，我們接下來幾天可以看影片分析這些古物來歷……」

何院長邀約著一干學者、教授，這也是他邀請眾人過來的主因。

光靠何院長和歷史系的幾位教授，是不可能快速梳理完這些古董古物的，況且有文字記載的歷史足足有上萬年，範圍遼闊，光是文字就有數萬種，這些也不是他和少數幾人就搞定的。

邀請諸位教授、學者過來，也是為了能盡快讓這些隱匿於歲月長河中的歷史盡早公諸於世。

反正不管是哪一位專家、教授發表論文，這些論文都一定會掛上北安大學歷史學院的名稱，北安大學完全不吃虧，而他們歷史學院也會因此揚名，大家都能獲得好處，何樂而不為？

於是乎，受邀前來的這些學者、教授們，在進入北安大學的第二天就進行了閉關，開始著手研究歷史殘片和各種古文物，如同他們所學的專業一般，沉穩又寂靜無聲，外界的熱鬧喧嘩完全影響不了他們。

04

上午十一點多，學生餐廳內。

現在還不到午餐休息時間，但是供應午餐的商家已經陸續將餐點放到保溫櫃上，等待學生到來。

上午只有一節課、甚至是沒有課程的學生，也會為了搶某樣暢銷又限量的食物提早過來。

一名青春亮麗、綁著馬尾的一年級學妹舉著小型直播機，一邊對著直播機說話、一邊走進學生餐廳。

「現在歐兔已經來到戰鬥系的學生餐廳啦！鏘鏘……」

鏡頭繞著食堂內部轉了一圈，讓直播間的觀眾們可以看見裡頭的環境。

「其實餐廳不叫這個名字啦！只是因為這裡就在戰鬥系的院區裡頭，大家約吃飯的時候就會說：『我們去戰鬥系的餐廳吃』，然後這裡就變成戰鬥系餐廳了。」

歐兔學妹對著鏡頭露出一個可愛的笑容和如同兔子一般的大門牙。

從那對兔寶寶門牙就能夠得知，「歐兔」這個網路暱稱的來歷了。

其實歐兔的門牙只是比其他牙齒略大一些，還不至於影響整排牙齒的整齊性，所以雖然小時候經常因為大門牙被取笑，甚至被人冠上「兔子」這樣的外號，但是歐兔也沒有想過要拔掉門牙。

後來當上直播網紅以後，兔寶寶門牙讓她在一眾網紅之中更具辨識度，讓她更容易被觀眾記住，甚至有一些觀眾是因為覺得她的大門牙很可愛才留下的，歐兔也就更不介意大門牙的情況了。

「戰鬥系餐廳跟其他餐廳最大的不同是，這裡的能量食物更多，而且會有不定時的特價優惠活動喔！」

觀眾們紛紛發出疑問，好奇是不是因為戰鬥系是北安大學第一熱門的科系，這才導致校方對它偏心？

「哈哈，這個我以前也有想過，後來去問了一下，發現學校對各個餐廳的補助和各種規定都是一樣的，戰鬥系餐廳之所以比較特別，是因為戰鬥系傳承下來的傳統！

「大家都知道，戰鬥系不管是契靈或是契靈師，食量都非常大，他們需要補足戰鬥和訓練需要的營養和能量，但是在大戰時期，北安大學其實很窮，因為他們大多數的開銷支出都用在培育契靈和維修、採購各種戰鬥資源上面了，聽說那時候北安學生的口號是『寧可自己餓一頓，也不能讓契靈肚子餓！』

「大家可以在北安的校園歷史上找找，應該能看到過往學長姐的照片，那時候的戰鬥系契靈師個個身材苗條精瘦，看起來把身材維持得很好，其實那都是為了契靈縮衣節食，餓出來的！」

觀眾們大感震驚之餘，對北安戰鬥系契靈師的認知也更上一層。

——北安的契靈師，真的對契靈好好啊！

「因為當時學校的困境，北安的老師和已經畢業的學長姐就自己跑去秘境狩獵，將獵取的兇獸一部分賣錢換取資金，一部分帶回學生餐廳給學弟妹們補充營養，這項傳統就這麼流傳下來……

「戰鬥系大三、大四年級的學長姐前往秘境訓練的時候，就會主動交出一部分兇肉食材給餐廳廚師，讓他們加在菜色之中，一些自己用不上的材料、裝備和道具，也會半賣半送給學弟妹……是不是感覺很溫馨？」

直播間觀眾紛紛表示贊同，但也有一部分人表示，既然東西都用不上了，直接贈送給學弟妹不是更好？幹嘛半賣半送？

「這是因為北安戰鬥系的格言中有一條……唔、全文我忘記了，大致意思是『要腳踏實地，不做伸手討要東西的貪婪者』，我覺得這條格言挺不錯的，自立自強嘛！」

歐兔一邊跟觀眾閒聊、一邊走到購買餐點的區域，拍攝各間店鋪的菜色。

「這邊是自助餐區，自助餐分成兩個區塊，一個是使用能量食材的，另一個是使用普通食材的。餐點都被廚師預先分裝在小盤子和餐碗裡頭，學生來了想吃哪道菜就直接端走，非常方便……

「旁邊是賣麵的麵店、再過去有小火鍋、套餐，還有漢堡、薯條、炸雞這類的速食，左邊是甜點、飲料和水果區……

「二樓是小吃區，有各種烤肉和滷味，還有大腸包小腸、包子、蒸餃、蔥油餅、鹹酥雞……種類相當多！」

歐兔拿著直播機到處參觀，並暗暗記下等一下想吃的食物。

「這邊還有每間學生餐廳都能看到的，能量果凍機專區！是不是很壯觀？聽說原本果凍機只有幾台，後來商榮集團每次推出新款果凍機就會捐贈給學校一批，就慢慢演變成果凍機專區了。

「因為果凍機占了學生食堂不少地方，北安大學正打算在每一間餐廳外面另外建造一個果凍機店，把學生餐廳裡的果凍機都搬過去。

「餐廳裡頭也有販賣廚師製作的能量果凍，要是覺得太貴，可以自帶食材，用果凍機自己製作。

「果凍機的使用費？北安大學的收費很便宜，是按照你帶來的食材份量，酌收一百到兩百元左右，很便宜吧！」

歐兔回想了一下自己之前在果凍機店的消費經驗，跟觀眾們分享道。

「我家附近也有果凍機店，如果自帶食材，那就是收你五百元使用費，沒有帶食材的話，可以在他們店內買，我記得如果食材買到五千元，就能夠免費使用果凍機；兩千以上、不到五千，收兩百；兩千以下要付四百元使用費。

「店內的食材比外面稍微貴一些，店家說他們的食材都是精選的，品質很好，所以比較貴……」

歐兔聳了聳肩，一副「這個你們就自己判斷吧！」的模樣。

「戰鬥系餐廳非常受學生歡迎，現在才上午十一點十四分，餐廳裡頭就已經有人在用餐了。」

歐兔讓鏡頭大致掃過正在排隊買午餐的學生，以及已經坐在用餐區開吃的人。

就在鏡頭晃過其中一個窗邊的位置時，發現這裡聚集了七、八個人。

如果只是同桌用餐，那也不至於讓人好奇，但這些人是站著包圍住餐桌角落，還不斷發出「中了中了！」、「ＳＳＲ！」以及幾個傳說級幻靈的名稱。

「他們在抽卡嗎？聽起來很像是《契靈師聯盟》！」歐兔舉著直播機朝聚集的人潮走去，「這款手遊很火，這兩年的手遊冠軍都是它！我也有在玩，你們有玩嗎？」

直播間的觀眾發出一堆「有」的留言，也有一些人喊「沒有」的，但數量總歸占少數，可見這款遊戲現在真的很紅。

「我是圖鑑黨，戰鬥我都是放著讓它自動打的。」

歐兔喜歡《契靈師聯盟》手遊的一點，就是它有自動戰鬥功能，不需要她這個手殘黨應付戰鬥。

「它裡面的卡圖都好精緻、好漂亮！我有收他們三月時推出的畫冊，畫冊有贈送立牌，他們做的立牌質感很高級喔！不會像一些立牌，感覺就很塑膠、很廉價。」

歐兔很快就來到人群外圍，她舉高了直播機，透過人牆縫隙看入，發現被學生們包圍的是兩隻小契靈。

「大神，接下來輪到我了，拜託了！最好能夠抽中『時空之神：時拉斐』！我超級超級喜歡他！」

男學生恭恭敬敬地用雙手將通訊器送到星寶手裡，又將自己買來上供的甜點放在星寶面前的桌面上，再雙手合十朝他拜了拜，神情相當虔誠。

接過通訊器的星寶看著已經被點開的遊戲頁面，伸出白嫩的手指對著「十連抽」的圖案按下。

一陣特效金光閃過，十連抽完成！

「七張ＳＲ、三張ＳＳＲ！還有時拉斐！哈哈哈鵝鵝鵝鵝鵝……」

男學生激動地將通訊器抱在心口，興奮地笑出了鵝叫聲。

「換我了！換我了！」

另一名女學生擠開男生，而後又是同樣的送上通訊器、供品、雙手合十並許願的流程。

然後女學生也幸運地獲得了她想要的卡牌，蹦蹦跳跳地退開。

「這是……什麼抽卡的神秘儀式嗎？」

歐兔表示她看不懂，但是大為羨慕！

她也有好多想要但是抽不中的卡牌啊！

在詢問過圍觀的學生後，歐兔這才知道，原來請星寶抽卡的源頭，是因為一位抽了一千抽的學生，抽完一千抽還是沒有獲得想要的卡牌，氣得他把通訊器往餐桌上一摔，這通訊器就滑到餐桌另一頭的花寶和星寶面前，把正在吃點心的兩個小傢伙嚇了一跳。

為了表示歉意，學生連忙買了小契靈愛吃的零食給他們，請求他們原諒。

而後星寶撿起學生摔掉的通訊器，看著上面還沒有關閉的抽卡頁面，不小心點按到，抽了一張卡。

這張卡牌正是學生心心念念、抽了一千次依舊沒抽中的卡牌！

興奮的學生將這件事情上傳到學生論壇，引來了許多抽卡非洲人，而這些非洲人在上供甜點給星寶後，十次之中有七、八次能抽中他們想要的卡牌！

——以星寶身為福禍神的水準，就算全部抽中學生們想要的卡牌也是沒問題的，只是商陸認為百分之百的中獎機率太高了，讓星寶調降一些，所以也就成了這樣了。

即使機率下降，在學生們心中，星寶依舊是當之無愧的抽卡之神！

想要獲得夢想卡片的學生紛紛湧來，不過考慮到星寶還是個孩子，時間不能全被抽卡占領，所以商陸便安排一星期一天，在學生餐廳這裡替學生抽卡，時間也僅僅只有半小時。

學生也很有禮貌，沒有白白讓星寶幫忙，他們會自覺送上甜點、零食、水果等小契靈愛吃的東西作為謝禮。

聽得心癢癢的歐兔，隨即也去買了兩份小蛋糕，一起參與抽卡行動！

而她也確實獲得了心中很想要卻一直沒抽中的ＳＳＲ卡牌！

「星寶是抽卡之神！」

歐兔跟那些中獎的人一樣，嘴裡一邊歡呼、一邊又蹦又跳又轉圈圈，像是加入了某種奇怪教派一樣。

星寶卡神教！萬歲！

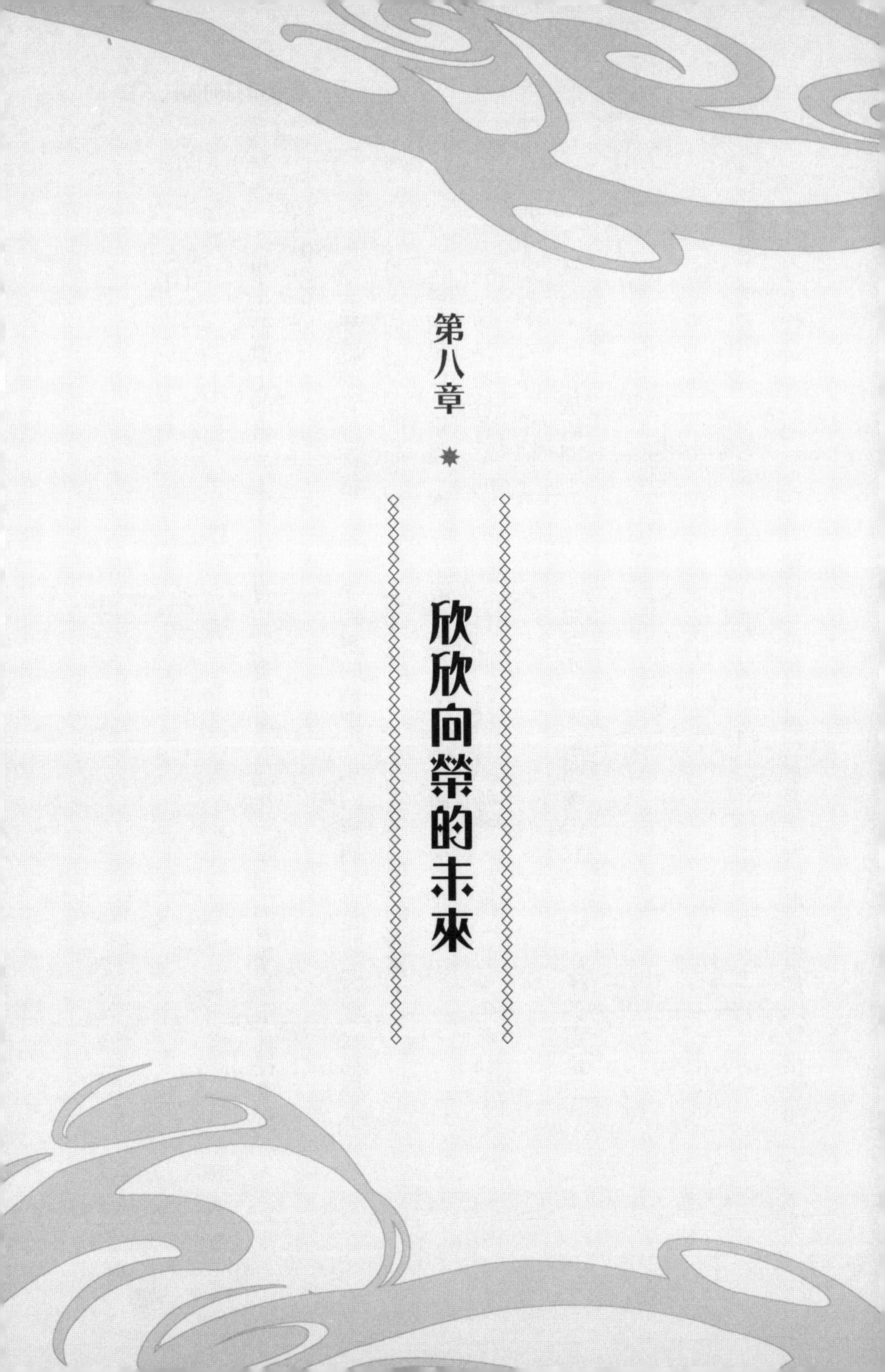

第八章

欣欣向榮的未來

01

學生們獻上的供品太多，星寶和花寶將之收起後，拿到培育學院跟那裡養育的小幻靈分享。

培育學院的管理嚴格，為了小幻靈的健康，小幻靈們每天能吃的零食都是小小一份，而且點心的甜度都很低，根本滿足不了小幻靈對甜食的渴望。

花寶和星寶「偷渡」進去的甜點正好能讓小傢伙們吃個痛快。

只是要是被培育系的實習生，崽崽們暱稱為「奶爸、奶媽」的學生抓到了，那小幻靈們可就一星期都不能吃甜點了。

然而，就算被處罰了好幾次，奶爸奶媽都跟商陸告狀了，小崽子們還是依然故我。

——沒有什麼能夠阻擋崽崽們對甜食的愛！

無可奈何之下，培育學院的老師們也只能跟幼崽約定一星期只能吃一次甜點，要是平常表現良好，老師獎勵的小星星貼紙集滿十枚，那就可以多吃一次甜點。

今天就是一星期一次的甜點日，花寶和星寶拿著今天獲得的甜食以及花寶抽獎抽到的零食，來到培育學院養育小幻靈的「崽崽園」跟他們分享。

星寶跟花寶一到崽崽園就被小幻靈們團團包圍住，崽崽們開心地與他們貼貼、抱抱、親親，小傢伙們的親密相處讓奶爸、奶媽們露出了慈父慈母笑。

「啊啊啊小傢伙好可愛啊！我也想要親親抱抱貼貼！」

說話者舉著相機不斷拍照，將這美好的一刻保留下來。

「好羨慕啊，我照顧的兔寶寶都沒有親過我。」

「呵呵，我家的高冷小帥貓只有心情好的時候才讓我摸一下，其他時間完全不能摸！個性極了！」

「唉，我家的小熊崽雖然會讓我抱，可是那是因為他懶得走路才會找我這個人力車！」

可真是將奶爸物盡其用的聰明小熊！

「我家烈火犬很黏我，不過他都是因為想要吃零嘴才在我面前賣乖，食物一拿到手就跑了……」

「大家的寶寶都差不多，一群小沒良心的崽崽……」

嘴上吐槽著，但是奶爸、奶媽們臉上都是掛著笑意。

會選擇當培育師的學生，大多都是喜愛幻靈的人，他們的一腔慈父、慈母心都送給了小幻靈，他們沒有將小幻靈占為己有的想法，只希望這些小幻靈都能夠健健康康的成長，長大後找一位優秀的、對他們好的契靈師結契，從此過著幸福快樂的生活，這就是奶爸、奶媽們最大的心願了。

「崽崽們！看我這裡！」

大四的資深奶媽拍了拍手，示意正在挑選零食的崽崽們注意聽她說話。

「今天是甜點日，花寶和星寶帶了很多甜食過來，看起來很好吃對不對？」

「咪咪！」

「汪汪汪！」

「嗷嗷……」

幻靈崽崽們用著奶聲奶氣的聲音回覆。

「好乖。」奶媽笑著稱讚一聲，並不忘叮囑道：「還記得我們的約定嗎？每一位寶寶只能挑選兩種零食，不能吃太多喔！不然會蛀牙，知道嗎？」

崽崽們再度發出聲音回覆後，又轉過頭，滿臉苦惱地看著美味的甜點，想著到底要選哪兩種？

哎呀！真難選，這是不是就是大人說的「甜蜜的苦惱」呢？

崽崽們交頭接耳，一陣「嘰嘰喳喳」、「汪汪喵喵」的討論後，花了半小時才選好自己想要的甜食。

小幻靈們開心地吃著甜點，還會互相交換零食分享，氣氛和樂。

吃完了甜點，就到了玩耍時間啦！

小幻靈們紛紛拿出自己的玩具遊玩，還有幾隻小幻靈捧著損壞的玩具來到花寶面前，請花寶幫忙修復。

花寶使用「拆合造」技能將毀壞的玩具分解、重構、重新組裝，經過花寶拆解重組的材質，會被融入一股特殊能量，讓玩具不只變得新穎，品質也會變得更好、更加耐玩。

崽崽園的幻靈們都很喜歡花寶重新製作的玩具，附著在玩具上的能量讓他們覺得很舒服。

小幻靈們玩的玩具都是特製的，使用的材質都必須確定對他們不會造成為害，要是不小心咬碎了吞下肚，也必須保證是崽崽們能夠消化吸收的。

發現花寶製作了玩具後，為了安全起見，崽崽園的園長將玩具拿去進行檢測，檢測結果發現，玩具的材質相當天然，沒有對幻靈的有害成分，就算吃下去也沒有問題。

這些材料裡頭混合了一股溫和的能量，這能量可以為小幻靈梳理體內還不能掌控的能量，讓小幻靈成長得更好。

了解情況後，園長就放心地讓小幻靈們使用這些新玩具了。

要不是不能聘僱童工，園長真想請花寶將崽崽園的各項遊樂設施也比照辦理，讓小幻靈們有一個更舒適的生活環境。

花寶不清楚園長的顧慮，依舊開開心心地跟小崽崽們玩耍，偶爾也會按照崽崽們的期盼，為他們製造自己幻想出來的玩具。

例如：小象寶寶想要一架可以承載他重量的盪鞦韆。

崽崽園內設有各種造型的鞦韆，但是鞦韆是眾多崽崽們都喜歡的熱門遊戲選項，即使園內已經安裝了二十座各種材質和規格的鞦韆架，依舊滿足不了崽崽們的喜好。

再加上小象寶寶生長迅速，體型幾乎是一週長大一圈，原本可以容納他遊玩的大型鞦韆架慢慢變得狹窄了，所以小象寶寶希望能有一座就算他長大也依舊可以遊玩的鞦韆架。

沒離開過崽崽園的小象寶寶並不知道，北安大學的幻靈遊樂場裡頭就有符合他需要的巨型鞦韆架，而花寶雖然知道，但也清楚遊樂場的鞦韆架依舊很搶手，而且小象寶寶不一定能搶過那些年紀比他大的契靈。

來找花寶之前，小象寶寶已經想好自己想要的鞦韆架樣式，他也知道製作鞦韆架需要很多材料，所以也一直有在收集。

小象寶寶收集的方式就是把壞掉的桌椅、掃除工具、拖鞋、毛巾、箱子，掉落的樹枝、樹葉、石頭等物品收集起來，堆放在自己的秘密基地裡頭。

也多虧崽崽園的占地遼闊，為了讓崽崽們生活在更貼近自然的環境，崽崽園裡有大片的青草地，有人工湖和溪流，種植了大片樹林、果林和花叢，小象寶寶才能撿這麼多材料。

02

小象寶寶想要的鞦韆架是巨大的、高聳入天，就算他長大了也能繼續玩的那一種。

知道小象寶寶要請花寶製作大大的鞦韆架後，崽崽園園長也大方地劃了一塊面積不小的空地給他，讓他們隨便造。

小象寶寶想像中的鞦韆架，顏色要像彩虹一樣絢爛繽紛，周圍要有又香又好吃果實的果樹點綴，這樣他可以一邊盪鞦韆、一邊摘果子吃！

夏天天氣熱，鞦韆架要像電風扇一樣，有涼涼的風吹拂；冬天天氣冷，鞦韆架要像暖爐一樣暖暖的；下雨天會被雨水淋濕，鞦韆架要能遮風擋雨……

噢噢！對了！大的盪鞦韆周圍還要有很多小號的、中號的盪鞦韆，小象寶寶要跟朋友們一起玩！

小象寶寶提出的條件很多，小孩子嘛！總是這個想要、那個也想要！

要是有大人聽到小象寶寶的設計，肯定會告訴他，他想要的鞦韆架有建造上的困難，必須刪減修改一部分。

花寶不是大人，對建築工程也沒什麼概念，只覺得小象寶寶既然都構思出來了，還畫了設計圖給她，那肯定就是能做的！

花寶創造的過程中，星寶也沒有閒著。

當花寶的創造遭遇瓶頸時，星寶就為她刷幾道幸運光環，而後一些瓶頸就會順利地迎刃而解。

即使一切順利，花寶還是花費將近兩個月的時間才完成小象寶寶要的鞦韆架。

並不是小象寶寶要的鞦韆架太高難度，而是小朋友的心太善變，經常在花寶完成其中一部分時，又因為看到的卡通、圖畫書，或是老師說的故事，晚上作的夢有了新靈感，又改變想法，往原本的鞦韆架設計添加、修改設計……

再加上其他小崽崽愛湊熱鬧，見到花寶和小象寶寶在製作「大玩具」，圍觀看熱鬧的崽崽也跟著加了進來，你一言我一語地提議，添加了不少東西。

「只有彩虹太少了，我喜歡蝴蝶結，我們加上大大的蝴蝶結好不好？」

「我喜歡氣球！加好多、好多氣球才漂亮！」

「我想要亮晶晶的寶石……」

「我喜歡紅色的花花，漂亮的娃娃，軟軟的球……」

在這麼「加加加」的情況下，原本用來建造鞦韆架的空地變成了一處小型遊樂園。

遊樂園中央是一座巨大的鞦韆架，主體架構由彩虹色的粗壯鋼石組成，鋼石外圍包裹著特製的防撞厚海綿；兩側各有兩排小型和中型的鞦韆架，整個鞦韆組圈成了兩個空心圓，圓圈的中心處種植著高高矮矮的漿果叢和果樹林，小朋友們只要盪高到一定程度就能摘取果實吃。

鞦韆架的上空架設了如同傘蓋一樣、透明的防雨遮熱板，最外圍還立了幾根可以控制溫度的空調柱，保證讓玩遊戲的小朋友們處於舒適的溫度之中。

空調柱上被妝點了大大小小、各種顏色的蝴蝶結還有氣球，看起來相當具有童心。

兩道波浪狀的彩虹呈十字狀交錯，以巨大的鞦韆架頂端為中心點，橫跨整個小型遊樂場，一個個像是鳥窩一樣的鞦韆排列其上，讓一些飛行系的契靈可以飛到鳥窩鞦韆裡頭玩耍。

除此之外，崽崽們還構想出可以移動的鞦韆架！

他們覺得固定在同一個地方玩的鞦韆架太無聊了，如果可以一邊盪鞦韆、一邊到處跑著玩，肯定很有趣！

於是「鞦韆車車」就出現了！

鞦韆車車可以在崽崽們盪鞦韆的時候，無規律地在小遊樂場裡頭移動，崽崽們還可以用它玩賽跑遊戲，一舉兩得！

鞦韆車車出現後，一些喜歡車車的崽崽也冒出來，加入了小遊樂場的設計。

他們想要更多有趣的車車！

「花寶花寶，我想要可以在水裡跑的魚魚車車！我要去找鯉魚魚玩……」

小鹿型幻靈送上一堆材料，滿眼希冀地看著花寶。

她經常到水生區域的湖畔吃草，那裡的青草又嫩又鮮甜，而且住在那裡的水系幻靈崽崽都很好相處，會吐出漂亮的泡泡跟她玩耍，可惜她不會游泳，而鯉魚魚們也因為年紀還小，不能操控水流，沒辦法上岸玩耍，他們都不能在一起玩！

如果有可以在水裡跑的魚魚車車，小鹿就可以跟鯉魚魚們潛入湖底，去看他們口中漂亮的水草和石頭了！

「咪嗚！好！我做給鹿鹿。」

花寶花了兩天時間，將一輛可以承載小鹿崽崽的魚魚車車做出來了。

有了第一輛成功的車車，其他想要車子的崽崽也跟著跑來下單了。

「花寶、花寶，我想要可以像氣泡一樣，在空中飄來飄去的飄飄車車！」

「我想要車尾巴會發光，會噴出流星，閃閃亮亮的閃亮車車！」

「我要像小鳥一樣，可以在天空飛來飛去的翅膀車車！」

「我喜歡花花，想要有好多香香花花的花花車車。」

「我想要帥氣的機器人車車！它可以變成大機器人、飛艇、大玩偶，我想睡覺的時候它就變成床……」

「我想要可以讓我泡在水裡，到陸地上玩的水球車車……」

崽崽們除了提出建議之外，自己也會幫忙收集材料、放置各種裝飾物，盡自己的一份力量幫忙。

崽崽們的創意無限，許多連大人也覺得驚豔的各式車車，從崽崽們的想像中出現。

這個小遊樂場成了崽崽們的心中寶，一有空就跑來這裡玩耍，有時候甚至連午睡也要跑來這裡睡！

園長和奶爸、奶媽們在無可奈何之下，只好買了幾座造型可愛的行動屋放在遊樂場周圍，讓崽崽們在玩累了或是弄髒衣服時，有個地方可以洗浴、休息和睡覺。

小遊樂場完成後，崽崽們開開心心地拍了好幾張大合照留作紀念。

03

花寶將照片傳給朋友們炫耀，得到一堆誇獎。

遠在歐貝拉爾湖的好朋友莉莉和朵朵表示十分羨慕，要不是沒辦法離開秘境，她們真想到北安的遊樂場玩一玩。

商陸每隔兩個月就會派人送歐貝拉爾族需要的物資給他們，其中還有專門給小幻靈的玩具、食物和飾品，不過這些東西裡頭可沒有遊樂場！

而且他們也有電腦、通訊器可以透過網路觀看外面的消息，對外界也有一些了解。

自從有了電腦和通訊器後，莉莉和朵朵經常觀看直播和有趣的短影片，其中他們最感興趣的就是人類世界的遊樂場了！

遊樂場的各項設施顏色繽紛，非常符合兩隻小幻靈的喜好。

而人們和契靈在遊樂場玩耍時的歡快氛圍，也讓兩隻小幻靈對遊樂場產生更多憧憬。

只可惜，商陸不可能為她們在歐貝拉爾湖安裝一座遊樂場。

歐貝拉爾族的棲息地歐貝拉爾湖位於秘境深處，沿途的道路崎嶇難行，不僅要跋山涉水，還要經過不少兇獸和幻靈的領地。

幻靈還行，只要說明清楚原因，他們大多不會為難，但兇獸可不會管你那麼多，陌生人進入牠們的領地就是死敵！

幸好科技便利，商陸的物資運送團隊都是騎著輕便、可以短暫飛行和潛水的重型機車，大量的物資被分裝在空空球和重型機車後座，這才能順利將物資運送給歐貝拉爾族。

但也因為機車的承載力度沒有貨車高，空空球的儲物空間也不是很大，所以只能送一些輕巧的東西，鞦韆架、溜滑梯這種大型物品不好運送，加上這些玩具也不是生活必需品，就被務實的歐貝拉爾族剔除在物資名單之外了。

莉莉和朵朵也清楚這樣的情況，再加上疼寵她們的族人也有用樹幹、石頭和藤蔓為她們搭建鞦韆和溜滑梯，所以她們對於遊樂場的渴望也沖淡一些。

現在發現小夥伴花寶竟然能夠建造遊樂場！

而且這個遊樂場看起來比影片那些遊樂場還要好玩！

這就讓兩個小傢伙心動了。

「花寶，我把我喜歡的貝殼和彩色石頭都給妳，妳也幫我蓋一個遊樂場好不好？」莉莉期待地說道。

「我也要！我想要可以在天上飛的車車！」朵朵也跟著喊道。

沒等花寶回答，莉莉又嘟起嘴巴，不開心地問。

「花寶，妳什麼時候回來啊？我想妳了。」

「妳出去好久了，怎麼都不回來？」朵朵跟著附和道。

「咪嗚！我也好想妳們……」

被莉莉和朵朵這麼一說，花寶也被勾起了「思鄉之情」。

她誕生於歐貝拉爾湖，受到歐貝拉爾族諸多愛護和關照，對花寶來說，歐貝拉爾族人就是她的親人，歐貝拉爾湖就是她的家鄉。

「族長說，今年冬季要開一個大市集，跟以前不一樣的市集，像、像人類的商店區那樣的！族長邀請了很多幻靈過來擺攤，會很熱鬧喔！」

「花寶，妳要不要帶妳的人類回來玩？」

「商陸要上課……我問問他。」

花寶很心動，但是她也不能拋下商陸跑回去呀！

幸好，冬季市集是在北安大學的寒假期間舉行，所以商陸有空帶她回去。

到了出發那天，花寶發現，要去歐貝拉爾湖的人增加了不少，成員有白光禹老師、一起刷過副本的柳樂遊老師、山嵐老師、幾位花寶不熟悉的教授，以及一群寒假沒有安排活動也不打算回家的學生。

人數加一加，約莫有五十人左右。

「大家沒見過幻靈的市集，都想過去參觀。」商陸向花寶解釋道：「我詢問過歐貝拉爾族族長，他同意了。」

冬季市集是歐貝拉爾族策劃舉辦的，族長聽聞商陸想要帶人過來參觀、見識一下市集，族長原本有些猶豫，他雖然相信商陸的人品，可是這並不能讓他連帶相信商陸帶來的人。

更何況，專屬幻靈種族的冬日市集卻跑來了人類，這也說不過去。

後來還是商陸再三擔保，保證他們只是基於好奇過來參觀，不會鬧出事情，歐貝拉爾族長這才同意了。

「我第一次聽說幻靈還會舉辦市集，真是太好奇了！商陸說市集上都是以物易物，我帶了不少東西去換！」

柳樂遊拍了拍自家熊型契靈，憨憨熊的脖子上戴了一串空空球，裡面裝著柳樂遊大半的身家財產。

「聽說那處秘境有許多罕見的植物和毒物，我想去找找有沒有沒見過的新品種。」山嵐老師微笑著附和道。

蟲系和毒系契靈說好養很好養，隨便一點毒液、青草、水果就能養成，但想要栽培成優秀的高階契靈，那可是要比其他系別的契靈還要費盡心思。

單說毒系契靈這一部分，想要培育成高階毒系契靈，就需要餵食超過兩百種的毒物，而且這些毒物不能都是低階的，要隨著毒系契靈的成長而升級。

山嵐每年放假都會爬山涉水、出入各種秘境找尋適合契靈吃的毒物，努力將自家契靈餵養得健康強壯。

聽說商陸要去花寶的家鄉時，她也跟過來了。

山嵐想著，能夠孕育出花寶這麼獨特的契靈的秘境，肯定不簡單，說不定她能在那裡發現什麼驚喜呢？

由於出行的人太多，商陸乾脆向機械城租賃了一架飛船，從空中飛行。

別以為從天上走就可以避開許多兇獸，秘境的天空可不平安，飛行系兇獸也不少！

他們搭乘的飛船本身就是一隻高階機械系幻靈，憑著本身強大的威壓驅逐飛禽，這才讓他們一路平安順暢地抵達了目的地。

一行人抵達歐貝拉爾湖時，受到了歐貝拉爾族族人熱烈歡迎，他們準備了眾多食物邀請商陸等人用餐，並提供一塊大空地讓他們搭建帳篷休息。

雖然現在是冬天，但是歐貝拉爾湖這個區域的氣候四季如春，就算是露天席地睡覺也不冷，更別說是睡在帳篷裡了。

與歐貝拉爾族交流過後，教師和學生們也是頗為訝異。

具有智慧的幻靈不少，但是大多數在交流上都會有障礙——這並不是代表幻靈智商低，而是幻靈和人類的語言不通罷了——而歐貝拉爾族這樣的一個隱世族群，竟然能與他們交流無礙，並且對外面的各項消息靈通！甚至連年輕網友們喜歡用的哏他們也能接！

這可不是一個隱居在秘境的幻靈族群會有的！

常見的秘境幻靈族群向來只關心自家族群的生存，對外界的消息經常當成故事，聽過就算，更別提會去關注人類社會的新聞了！

就算是人類也有不愛看新聞的！

結果眼前這群幻靈竟然這麼關注人類世界？

難道是因為秘境裡頭太無聊了？

眾人不會懷疑幻靈們是對人類世界有所圖，想要攻打人類世界，因為「幻靈的心性純淨，性情大多平和、友善」的特色，已經根植於所有契靈師心中。

哪怕是被認定性格惡劣的幻靈族群，他們對人類的態度也只是見到人就對他惡作劇一番，並無其他更加惡劣的作為。

況且在出發前，商陸就已經跟他們介紹過歐貝拉爾族的概況，他們是一個高度智慧種族，性情平和，對其他幻靈族群和人類都相當友善。

高度智慧的幻靈他們接觸過，這類幻靈相當喜歡學習和吸收新知識，加上商陸提供他們電腦、平板和通訊器，讓他們可以連通外界，歐貝拉爾族對人類世界有所了解也很正常。

或許他們舉辦的冬季市集，也是從人類世界的市集發想來的呢？

04

幻靈們的冬季市集很簡單，也很熱鬧。

簡單是指幻靈們沒有人類那些彎彎繞繞的花俏心思，商品都是直接擺放在草地上的，沒有放置商品的桌子、沒有燈光、沒有招牌旗幟……

一切都再簡單不過。

但是幻靈們擺放出來的「貨物」可不簡單！

饒是以老師們見多識廣的眼力，也還是有許多東西認不出來歷，需要請幻靈介紹一二。

原本只是想來湊湊熱鬧，沒想過從市集上買到稀罕物的師生們，瞬間提起興致，他們熱情地在各個攤位穿梭，詢問物品的來歷和用途。

幻靈們實誠，知道用途的東西就細細講解，不清楚來歷的，看著漂亮就隨手撿來賣的，也都直接跟客人說了。

幻靈的誠實讓師生們頗為哭笑不得，總覺得他們像是在玩辦家家酒，不像正經生意人。

可是你要說幻靈們不重視這次的市集，不重視攤位上的生意，那也不見得。

即使是生性好動的幻靈族群，被派來守攤位時，也是壓抑著愛玩的本性乖乖待著，遇上有人殺價時，他們會認認真真地跟你說明為什麼這麼定價？在價格上寸步不讓。

要是非要殺價，幻靈們會認為你這個人「不識貨」、「沒眼光」，氣呼呼的不把東西賣給你。

師生們覺得有趣，有些人會故意逗弄幻靈們，例如心性愛玩、愛鬧的柳樂遊。

「電松鼠，你算我便宜一點嘛！」柳樂遊嘻皮笑臉地砍價，「這松果樹上一搖就有，你們撿它也不費力……」

「吱！不行！我們摘松果很辛苦吱！松樹很強壯，搖不下來吱！要爬上很高、很高的松樹吱！用很大的力氣摘吱吱吱！」

電松鼠蓬鬆的尾巴微微有炸毛的趨勢，上面還冒出閃爍的閃電，要不是顧慮到這是市集，電松鼠早就放電電人了！

就問你十萬伏特怕不怕！

莉莉和朵朵的哥哥，正好負責巡邏這一區的浪浪見狀，有些無奈地乾咳一聲，示意柳樂遊不要太過分。

沒瞧見電松鼠的尾巴都已經在蓄電了嗎？

真不怕死啊？

「哎呀！浪浪你來了啊？」柳樂遊笑嘻嘻地攬著浪浪，「你什麼時候下班？我們組隊開黑！」

有了電腦和通訊器後，浪浪和其他雄性幻靈也不可避免地迷上了遊戲，面對族中長輩的責問，他們還以「訓練團隊配合能力」為由，理直氣壯地解釋自己沉迷遊戲的原因。

浪浪的遊戲技術是一千幻靈之中最厲害的，柳樂遊跟他組隊幾次後，一人一幻靈就成了固定搭檔，兩神帶著三隊友在遊戲中廝殺，短短幾天就誕生了五十七連勝，沒有落敗的佳績。

「晚餐時候才會交班，你先買你的東西。」浪浪說完就想離開，卻被柳樂遊攔住。

「你吃炒松子嗎？我剛才試吃了一顆，味道挺不錯的，買一包送你？」

在浪浪點頭後，柳樂遊跟電松鼠買了二十包炒松子，交易等價的物品後，又額外贈送兩包草莓乾給電松鼠，作為賠罪。

電松鼠茫然地抱著草莓乾，一臉糾結，不明白為什麼這個奇怪的客人，態度前後不一致。

開頭不斷跟他討價還價，一直要他賣得便宜點便宜點，真到了結帳又這麼大方，還額外送他零嘴吃。

人類都是這麼奇奇怪怪的嗎？

沒出過秘境，沒見過人類的電松鼠對人類產生了奇怪的認知。

冬季市集一共舉辦了十五天，這些幻靈們都是從秘境各處過來的，有些離得遠，市集都開辦三、四天了才抵達，有些就住在歐貝拉爾湖附近，半日、一日的行程就能抵達，賣完東西還能回族地補充……

上百種幻靈種族來來去去，在冬季市集上川流不息，讓人看得眼花撩亂，堪稱是一場稀罕盛景。

跟大草原上的萬獸遷徙比起來，也不遑多讓！

師生們用眼睛、相片和影像記錄著眼前的熱鬧，並將照片和數秒鐘的短影片發上網路炫耀，照片和影片的內容都是幻靈們的近照或獨照，沒有將這裡的地點或是明顯標的顯露出來。

要是讓一些偷獵者盯上這裡，破壞了眼前溫馨的景象，那就是他們的罪過了。

冬季市集的最後一天是除夕，幻靈們沒有過年的習俗，卻有意義跟新年類似的「新日」。

新日指的是一年之中的第一天。

在這一天，幻靈們會早早起床，迎接新年第一日的日出。

幻靈們有個關於創世神的傳說是：創世神在創造世界後，疲憊得睡著了，但是祂又放心不下自己的造物，於是就讓兩顆眼睛化身成太陽和月亮，代替祂關注這個世界。

創世神會在新年的第一天甦醒，藉由太陽這顆眼睛觀看祂的子民過得好不好。所以要是能夠在創世神剛睜開眼睛（太陽剛升起）的時候，被創世神看見，就能得到創世神的賜福。

商陸等人自然也是聽說過這樣的傳聞的。

反正人類也有新年第一天看日出的活動，自然就入境隨俗，跟著幻靈們一起早起看日出了。

以往，歐貝拉爾族都是移動到附近的高處看新年日出，因為路途有些遙遠，幼崽們通常都會被安置在家中，不會帶出門。

而這一次，因為商陸他們租借了飛行機械幻靈過來，所以他們只需要搭乘機械幻靈，飛到高空即可，就連才出生幾個月的幼崽也能同行，氣氛也比往常還要熱鬧許多。

飛到比樹木還高一些的高度後，飛船便懸浮在半空，並且展開船頂，變成一個大平台的模樣，讓眾人可以清楚地看見周遭環境，視線不受遮擋。

過了十幾分鐘後，一縷晨曦自東方劃破黑幕，金色微光像是揭開簾幕的手，讓天空從黑色轉為各種深淺不一的藍。

一顆巨大的金色火球冉冉上升，伴隨它的動作，世界隨之甦醒，各種動物的鳴叫聲組成了活潑的交響樂，像是在歡迎太陽的出現。

歐貝拉爾族在太陽升起時，由族長領著族人們面向太陽祈禱，祈求新的一年平安健康，並感謝創世神創造這個世界。

等到虔誠的祈禱儀式過後，歐貝拉爾族人開始舉著相機和通訊器進行拍照和錄影，為自己和家人留下諸多紀念。

「咪嗚！商陸、老師、大白拍拍！」

花寶牽著星寶的手，在小雲朵上蹦蹦跳跳地吵著要拍照。

用日出當作背景，他們拍下了「全家福」的大合照。

幾天後，商陸訂製的大型電子相框被安裝在牆上，占了三分之一牆面的電子相框播放著冬季市集的照片，其中以太陽為背景的照片中，正中的太陽位置在放大觀看後，意外發現似乎有一隻外型符合創世神描述的神奇幻靈身影，這就是另一個驚喜了……

番外 ✸

花賓的來歷

身為創世神，祂清楚地知道自己的世界是一部漫畫，也知道是那些讀者和粉絲的喜愛，才導致世界成形。

在漫畫完結後，創世神本以為，他們跟那些讀者應該會漸漸地失去聯繫。

結果在某一天，時空之神時拉斐捧著一個光團匆匆跑來找祂。

「這是那些粉絲對我們的愛與希望，你快給她捏一個好看的身體！」

時拉斐也是少數知道世界真相的幻靈。

祂經常穿梭到三次元，透過網路跟漫畫讀者交流互動，並且追更其他動漫作品，祂甚至還跑到那些作品形成的世界玩耍！

不得不說，比起祂這個只能待在自己世界的創世神，能夠隨意穿梭二次元和三次元的時空之神更要快樂許多。

創世神默默地酸了一下後，目光移動到那團光團上。

光團差不多蘋果大小，說是生命，不如說她是靈魂，還缺了一副身體。

想到這裡，創世神也明白為什麼時拉斐會帶著光團來找祂了。

創世神捏了一顆種子，將光團放進去孕育，又賜予她創造天賦，算是祂給崽崽的誕生禮物。

「我也要送禮物給她！」

時拉斐丟下這麼一句話，就捧著種子匆匆地跑了。

時拉斐找了機械神，讓祂按照時拉斐經常使用的漫畫論壇，捏了一個一模一樣的出來，又塞了一個輔佐系統在裡頭，教導小幻靈知識。

擔心從愛之中誕生的小幻靈會「能量」不足，時拉斐還用了點自己的力量，讓論壇跟三次元連接，讓小幻靈可以獲得讀者們更多的愛，成長得更加健康！

之後，祂又搜刮了一堆適合小幻靈的東西，讓沒有親屬扶養的小幻靈不用為了生存苦惱。

吃食有了，教導的系統也有了……

時拉斐想了想，跑去找治癒之神：萬花樹「薩花菈」，讓祂分點力量給小幻靈，往後小幻靈要是受傷了，還能自己醫治自己。

做好這一切後，時拉斐挑了一個性情溫和並且會扶養陌生幼崽的歐貝拉爾族，確保小幻靈誕生之後不會感到孤單。

時拉斐偶爾也會偷偷從論壇後門溜進去，偽裝成系統跟小幻靈聊天，觀看小幻靈的成長。

時拉斐原本還在煩惱等小幻靈長大以後，想要離開秘境到外頭玩要怎麼辦？

像她這麼珍貴的小幻靈，可是會引來許多壞人覬覦的！

沒想到小幻靈早早就給自己找好了契靈師商陸，跟契靈師過上了幸福快樂的生活！

嗯嗯，不愧是我養的小幻靈，就是這麼聰明！

後面發生的事情就有些出乎時拉斐的預料了。

花寶寶竟然能讓二次元的遊戲變成真的！

她不只可以在論壇玩遊戲，還可以在現實中玩遊戲！

這是什麼時候設定的功能？我也要！

時拉斐興沖沖地跑去詢問論壇的製造者機械神，機械神卻說，祂沒做這種功能，祂沒辦法穿越時空、跨過次元，連通雙方。

這就奇了怪了，難不成這是花寶寶本身的能力？

時拉斐好奇地觀察，後來發現，這是三次元的粉絲們送給花寶的禮物！

應該說，三次元讀者對漫畫作品的喜愛，凝聚成一股神秘的力量，這力量連通了兩個世界，而身為讀者們的「愛的化身」的花寶，就成了兩個世界的團寵，凡是她想玩的遊戲副本、想要的道具，都會化成現實！

這也太好了吧！

時拉斐羨慕地咬著小手帕。

嗚嗚，他也好想要玩現實版的遊戲啊……

可不可以將花寶寶偷回來？

這個想法一出，就被創世神鎮壓了。

時拉斐被創世神踢出世界，讓祂去「旅行」，只能等過一段時間再回來……

後記

《養成守護靈》完結啦！

不知道大家看完以後，喜不喜歡《養成守護靈》的劇情？日常向的劇情真不好寫，很多時候都會擔心劇情過於平淡，努力地往裡頭塞內容，但又怕塞太多，導致劇情太過緊湊，變得不日常。

畢竟又不是死神小學生，每天都會出現各種案件，對吧？

因為離開學校太久了，為了寫校園的日常，我跟正在上大學的表妹詢問不少事情，像是園遊會、校慶、學生擺攤等等，這些內容都斟酌地加入劇情之中，讓校園的氛圍更加濃厚。

總不能場景是學校，結果一點校園感覺都沒有嘛！

寫收尾的章節時，猶豫了很久，想了幾個構想，像是寫一個七夕活動劇情，或是萬聖節、聖誕節活動……

最後決定讓花寶回到她的出生地，也算是跟第一集來個首尾呼應。

最後塞了一篇短短的小番外，主要是寫小花寶的來歷啦！

哈哈，不知道大家有沒有猜到小花寶的身分？

總之，《養成守護靈》算是滿足了我想寫的「人與契靈」以及「校園日常」的想法，雖然這個校園日常也不怎麼日常就是了。

想要挖的坑又填平了一個啦！

接下來我還有好幾個坑想寫，希望可以順順利利完成！

大家看完小說後，有什麼想分享的感想，歡迎來我的臉書粉專留言喔！

國家圖書館出版品預行編目資料

養成守護靈 (3) 雞飛蛋打的競技大賽／ 貓邏著. -- 初版.-- 臺北市：平裝本. 2024.3 面；公分(平裝本叢書；第557種)(#小說；13)

ISBN 978-626-97657-7-5（平裝）

863.57 113001687

平裝本叢書第557種
#小說 13

養成守護靈

③雞飛蛋打的競技大賽

作　　者—貓　邏
發 行 人—平　雲
出版發行—平裝本出版有限公司
台北市敦化北路120巷50號
電話◎02-27168888
郵撥帳號◎18999606號
皇冠出版社（香港）有限公司
香港銅鑼灣道180號百樂商業中心
19字樓1903室
電話◎2529-1778　傳真◎2527-0904
總 編 輯—許婷婷
執行主編—平　靜
責任編輯—張懿祥
美術設計—單　宇
行銷企劃—謝乙甄
著作完成日期—2023年10月
初版一刷日期—2024年3月

法律顧問—王惠光律師

讀者服務傳真專線◎02-27150507
電腦編號◎571013
ISBN◎978-626-97657-7-5
Printed in Taiwan
本書定價◎新台幣280元／港幣93元